U0073768

凶事顧問

柒

亂天

全書完

林佩 著

牛魚 繪

ANTENNA

【人物簡介】鍾流水。
喜好的食物類型匪夷所思，基本上是傲嬌修仙者一枚。若是問他名字的由來，他會說：桃花流水鮭魚肥。

【人物簡介】白霆雷。
熱血熱情的菜鳥刑警，自從遇上鍾流水這位剋星之後，刑警也只好乖乖變警犬，苦逼人生如此蛋疼啊有木有。

【人物簡介】姜姜。
鍾流水的天兵外甥，爲人善良可愛又純蠢真，
最愛睜著濕漉漉的大眼睛，對小公雞說：快生顆
雞蛋給我吃。

【人物簡介】張聿修。
他是新一代年輕才俊小法師，以衛道除魔爲己任，
千算萬算沒算到，認識姜姜就是他悲慘人生的開始。

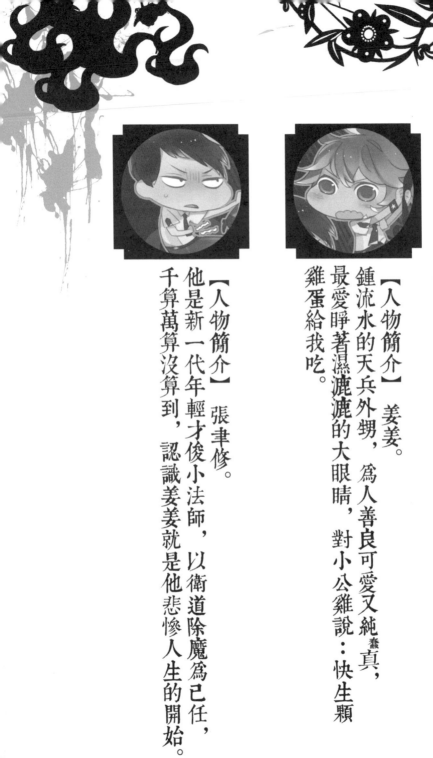

【索引】鬼事顧問、零柒。亂天。

鬼事顧問、零柒。亂天。

【第壹章】天庭寧枉勿縱，

卻是必須之惡。

凌霄寶殿，天庭瓊樓之首，紅霓紫霧明霞晃晃，是玉皇大帝面見眾仙臣的地方。

此刻破軍星君正於丹墀之下拜奏。

「臣奉旨下凡緝拿桃花仙，人已緝拿歸案帶至南天門外候審。」

玉帝垂簾曰：「召。」

桃花仙，也就是鍾流水，為度碩山上的一株大桃樹，吸收天地精華後成仙。本體屈蟠三千里，其東北的垂枝是萬鬼出入之處，又稱鬼門關；鬼門關被迫關閉之後，天庭先是封他為翊聖除邪雷霆驅魔帝君，後因犯上被除掉帝君頭銜，改為驅邪斬祟將軍，卻在今日被提到凌霄寶殿外問罪。

原因是他放縱自己的外甥，導致凶神蚩尤出世。

一身綑仙索，半套舊藍衣，夾腳拖鞋踢踢躂躂，就算即將被問罪斬首，鍾流水依舊是一副吊兒郎當的模樣，渾身酒味，御前裝模作樣的躬身行禮。

「度碩山桃仙一族鍾流水，參見玉帝。」

「桃仙可知罪？」玉帝垂簾而問。

「玉帝如此聖明，卻問我一個小小妖仙知不知罪？」鍾流水回答得順理成章：「老實說，我還真不知道。」

羅列兩旁的仙卿大驚失色，妖仙就是妖仙，上不了檯面，從來都不懂朝禮，居然如此跟玉帝說話！

玉帝為眾神之皇，耗億萬劫而成道，自然不會跟這桃花仙一般見識。但國有國法、家有家規，律令既定，又怎能搖擺行事？

「桃花仙，十年前你以縱放鬼門關內八十一位煞神之由為要脅，意圖保住姜無祟之命，又自願在塵世間監護孩子長大，不讓他為害人間天上，如今已確認那孩子正是蚩尤轉世，企圖亂天，對此你有何話說？」

鍾流水受寵若驚，「我過去十年間的行事都被玉帝您老說完了，您老是我肚子裡的蛔蟲吧？」

眾仙頭上紛紛冒起憤怒的青煙。凌霄寶殿裡最至高無上的仙是誰？就是玉帝啊！桃花仙竟用「蛔蟲」兩字就把萬神之皇弄得毫無尊顏，真是不入流的痞子！

立刻有仙卿出來啟奏，「桃花仙粗野無禮，更是縱放蚩尤為亂的元凶，理當論斬！以杜絕三界悠悠眾口。」

鍾流水斜瞪對方一眼，唷！這廝不正是托塔李天王嗎？這傢伙嫉惡如仇，卻是個死腦袋不知變通的，跟自己從來都不對盤，此刻找到機會，自然想把自己給辦了。

一旁的金星老兒為人最是厚道圓滑，又身兼鍾流水的酒友之一，立刻跳出來協調一番：「依微臣所知，十年前桃花仙並不知道那孩子就是蚩尤轉世。兄妹情深，自然會盡力護佑桃花女的遺孤，此舉合情合理。更別說桃花仙過去守護鬼門關有功，人間斬妖除魔而累積無數功德，無論如何桃花仙罪不至死，望玉帝明察。」

破軍星君邁出一步上前啟奏曰：「蚩尤復生一事牽連太廣，誰知道桃花仙是否也是幕後運籌帷幄者之一？還請玉帝詳加調查，勿枉勿縱。」

貪狼星君陸離也出列上奏，「七殺星君於十年前被貶到凡間，日夜監視姜無祟及桃花仙，桃花仙若早有不軌的意圖，肯定逃不過他的眼。」

玉帝點頭，「宣七殺。」

阿七因為擔憂鍾流水，因此跟著陸離騎乘星軺來到南天門外。聽到玉帝設朝，陸離便趕著入凌霄寶殿。阿七小小官職，不敢擅入，因此在南天門外跟守門的力士說著話，此刻聽到宣召，立刻紫光繚繞，骯髒的工人服改換成素白袍服，這才來到御前。

重入金朝，位列兩旁的仙官皆是舊友，阿七一時之間竟覺恍如隔世，見鍾流水被綑著，這才強振精神，拜伏參見玉帝。

「微臣親眼所見，桃花仙識破姜無崇真實身分之後，遭姜無崇擊破真身，逼出鬼門關。若不是神獸白澤以命相救，只怕此刻桃花仙依舊無知無覺，需要千百年才能再度化為人身。」

鍾流水在一旁跟著敲邊鼓，「正是正是，難不成我太閒拿自己的命開玩笑？」

李天王責難，「縱使如此，蚩尤重新出世，必再悖亂天、地、人三界。若當年就將那小兒劈死，如今天下依然太平。」

鍾流水似想起了什麼，笑笑說：「就算劈死了我家外甥，蚩尤之魂依舊找得到其他管道重生，說不定就跑到天王你家去呢……也對！天王對於逼死兒子這種事經驗豐富，哪吒的蓮花化身還拜你所賜。」

幾句話便將托塔天王李靖過去對自家三兒哪吒的殘虐事蹟說了出來，弄得他一張老臉掛不住，哼哼幾聲悻悻然退了開去。

破軍星君裝模作樣笑說：「桃花仙你是真不知還假不知？蚩尤可不是隨隨便便就找個女人投胎，他會選定桃花女之體出世，就是為了擁有桃符體質，這樣連天之戰神九天玄女都不是他的對手。若當初早劈死了他，天庭又怎會面臨今日窘境？」

玉帝點頭，「天庭寧枉勿縱，卻是必須之惡。數千年前朕派九天玄女扭轉戰局結果，乃因蚩尤雖強，卻是強而無悔，無悔而驕進，橫衝直撞，最後定會毀天滅地亂序，此乃天庭真正擔憂之事。」

鍾流水當然知道，蚩尤太強如水氾濫成災，終將改變人間地貌，這結果是好是壞，就連天庭也無法預料得出來，所以才會出手干預，扭轉四千五百年前那場戰役的結局，扶黃帝上位，天下太平。

必須之惡，也就是說，總得有人出頭做壞人。

可悲的是，自家小妹何其無辜？竟無故被牽連於蚩尤、炎帝的爭勝仇恨裡！

鍾流水收斂了痞氣，道：「諸位究竟想拿我怎麼樣？砍了、劈了、還是讓我再度化為桃樹，塞到老君的丹爐下燒火煉丹？醜話說在前頭，我這人貪生怕死，你們真想辦我，我會很用力很用力的掙扎。桃枝無眼，就怕傷了天庭的祥瑞之氣……」

「放肆！」李天王忍不住又怒吼了出來。

「鍾先生！」阿七也低聲制止。鍾流水這都死到臨頭了，還在凌霄寶殿裡耍嘴皮子？

其餘諸仙倒是有所忌憚，鍾流水並非凡間的小妖小怪，而是萬年以上的仙桃木。生性酷好噬鬼，亦正亦邪，若真要作怪，只怕動靜會比孫猴子大鬧天宮時還要厲害！

「桃仙自重。」陸離冷冷道：「此事全因你監督不周，難辭其咎！」

鍾流水也不怒，「各位可別忘了，將蚩尤魂魄偷渡出去的始作俑者是酆都大帝及土伯，若打算殺雞儆猴，就該找到當初保舉炎帝為酆都大帝、收土伯於地府的那隻雞，而不是我。」

此話一出，眾仙齊齊變臉，所有人都知道，鍾流水指的「雞」正是中央元靈元老天君，是曾與蚩尤大戰於阪泉之野的黃帝。

黃帝斬殺蚩尤、刑天，玉帝派黃龍接他升天為神，更聽從他的建議封鎖鬼門關，另闢地府收容世間鬼魂，他還推薦炎帝掌管酆都，並且下放原幽都之主土伯到地府奪谷為獄卒。

沒想到事情還真湊巧，說雞雞到。

凌霄寶殿之外有黃龍盤旋，頭戴黃金玉冠、著五色飛衣，踏麒麟寶靴的元老天君黃帝站在龍背之上，天音嘹亮，聲震天柱。

「好你個桃花仙，死到臨頭不思將功贖罪，卻三言兩語將罪歸於本君身上。本君倒覺得，知情不報方是大罪，你能說自己從未察覺到姜無祟與蚩尤的關係？」

鍾流水大方承認，「我當然懷疑過，還跑去奪谷確認了呢。結果，哼！以魄代魂，倒是輕鬆就將人給唬了過去，說到底，還是元老天君你的錯吶！」

玉帝卻是感到訝異，元老天君向來潛心修煉，不問天朝政事，如今特意來到凌霄寶殿，難道是另有一番說法？

黃帝下黃龍，緩步入殿，他雖然稱號為元老天君，看來卻不甚老，反倒精明幹練，一雙眼掃過鍾流水，最後停留在玉帝座前，啟口：「雖然不知酆都大帝、刑天、蚩尤等人有何打算，但緝拿逃犯卻是緊急要務。桃花仙雖然陷溺親情而失了偏頗，但此刻卻是用人之際，就給他個戴罪立功的機會吧。」

「讓桃花仙戴罪立功？聽來天君已有打算。」玉帝沉聲問。

「天、地、人三符之中，壓制蚩尤的玄女符已經失效，本君因此有個提議。」黃帝侃侃而言：「姜無崇有人間戰神的威力，又身兼桃符體質，或者人符可堪一試。但本君認為，就算能請出人符，只怕也沒辦法奈他何。」

黃帝指的天、地、人三符，就是玄女符、桃符、以及鳥跡書符。玄女符來自天上，為天符；桃符出自桃仙身體，桃樹從地上所生，為地符；鳥跡書符為造字聖人倉頡所寫，為人符。若是連這三符都對姜無祟無效，天庭大概也玩不下去了。

「既然如此，又該如何收服重生的蚩尤？」玉帝再問。

黃帝反問：「若是鳥跡書符與桃符合璧呢？」

玉帝往鍾流水深看一眼，「合璧？」

黃帝繼續解釋，「桃花仙是五木之精，將鳥跡書符寫在桃符之上，威力加倍；桃花仙又是姜無祟的現世親人，血緣羈絆甚深，這會減低姜無祟的險惡。本君認為，桃花仙必須製造新符。」

鍾流水給了個大而不屑的一眼，「居然把腦筋動到我身上來，你認為我會答應嗎？」

「這是你將功贖罪的唯一機會，你能不答應？」黃帝說。

鍾流水沉默不語，難得的莊重起來。

玉帝思考片刻，說：「桃花仙本身就是無字桃符，配以鳥跡書符，或許真能克制重生的蚩尤，朕認為此法可行。倉頡曾是元老天君的史官，如今卻又在何處？」

「倉聖人早已仙化，但在蒼頭山青龍白虎洞內遺留了他的鳥跡書碑。普通人無法拓碑，即使拓下，一離山，碑文就變樣，讓桃花仙親自去試試吧。」

鍾流水卻哼了一聲，「姜無祟畢竟是我外甥，我怎好幫著你們對付他？」

「桃花仙，姜無祟的形體不過是借生而來，魂魄卻是實實在在的蚩尤，你又何必對他念念不忘？」玉帝低斥。

鍾流水何嘗沒想過這些？他當然知道蚩尤降生桃花仙家，除了獲得特殊體質外，還讓自己對他產生親情，因此不會下狠手以桃符之力來對付他，也是重要的因素之一。

十年間的疼愛、照顧，與千百年前就開始的籌劃，該如何結算這牽扯上血緣的債？

「他是我外甥，理當由我來對付，不須外人插手。」鍾流水閉上眼睛長吁一口氣，睜眼又說：「我會給天、地、人三界一個交代，姜無祟就算要死，也只能死在我手上！」

玉帝頷首。

鍾流水身上的綑仙索突然自動鬆脫跌落。

「桃花仙官復驅邪斬祟將軍，領神獸白澤，前往蒼頭山拓印人符，在此期間，天庭將傾盡全力追捕蚩尤一行人。」

鍾流水根本不在意自己是否又恢復了將軍頭銜，只是望著黃帝，陷入深思。

殿外黃龍鳴吟若水，在他心湖中蕩起波紋。

他想起崑崙，一個能聯繫天與地的地方。

壹·天庭寧枉勿縱，卻是必須之惡

崑崙曾是黃帝位於人間的帝都城，其中立有連接天地的天柱，可直達北辰紫微垣，黃帝乘黃龍升天成仙也是透過了這個途徑。之後天柱被截斷，凡人誰也無法隨意的上天，這就是所謂的絕地天通。

但是，天地間的聯繫，真的因此被完全斷絕了嗎？

不，古代的巫神總會藉由一些儀式來上天下地，某些特定的祭器則不可少。比方說，內圓外方的玉琮，代表著天圓地方，以柱子穿過中央的圓孔，則有溝通天地的含意……

重生的姜無祟，或者他的野心並不止於成為人間帝王！

「呵呵，原來……」他低笑，「原來如此。」

離他比較近的阿七聽到那恐怖的低笑，背脊涼了一下，低聲問：「鍾先生想到了什麼？」

「我知道他們往哪兒去了。」鍾流水對玉帝道：「他們打算登天。」

玉帝瞇著眼，「天柱已經斷絕，唯有羽化的仙人能往返天地兩界，姜無祟與他那八十一位族兄弟要如何登天？」

「只要找到天胎磁藏穴，就能重新立起崑崙天柱，直攻北辰紫微垣，屆時大鬧天界，又有何不可？」

陸離這時卻提出疑問：「你是如何推斷出他們有登天的打算？」

「你以為姜村墓裡取出的玉琮，就只是為了包藏蚩尤齒而已？」鍾流水反問。

陸離疑惑的看了看阿七。

阿七點點頭，「這應該就是姜無祟要搶回玉琮的真正目的。玉琮上頭刻畫了無頭戰神，正是給姜無祟的一種暗示，那是蚩尤進行巫祭必備的祭器。」

玉帝說：「天胎磁藏穴的地點極為隱密，你認為姜無祟一行人有那能耐找出來？」

鍾流水笑得戲謔，往黃帝瞥了一眼，「真的找不到嗎？唉！貴人果然多忘事，天君自己幹的事自己心裡有數。」

「桃花仙，有話你就直說，何必彎彎繞繞？」黃帝見他那個表情，大概針對自己有意見，於是凜然問道。

「當年您老大破蚩尤於北海時，曾經遺留了一輛七香車，眾所周知，七香車能隨車主的心意來移動路線，更別說這車子還有個最大的功能……」

這下黃帝可真有些心虛了，「這個……」

「七香車裡特殊的磁針，能指引天胎磁藏穴的位置，唉！如果姜無祟等人真的藉由七香車來找到天胎磁藏穴，順利登天，天君您真是難辭其咎了，誰讓您當年擦屁股都沒能擦乾淨？」痞子！殿裡諸仙這回不再只是心中罵了，全都訴諸於口，就算是人間遊行集會唸口號都沒這麼整齊。

玉帝聽到此處，立即詢問元老天君：「七香車此刻在何處？」

「七香車後來被周文王長子伯邑考獻給商紂王，商朝滅後，據說被藏在槐江山玄圃，目前由英招神獸看守。」

槐江山就位在崑崙山不遠處，是崑崙城都的玄圃，也就是花園一類的園地。

「事不宜遲，破軍、貪狼，朕命爾兩人立即前往槐江山，取回七香車。」玉帝下旨。

貪狼、破軍受令。

貪狼卻又上奏：「崑崙天柱直通紫微殿府，我殺貪破三星有護佑紫微大帝的責任，還請萬歲讓七殺歸位，與我等一同前往槐江山，務保紫微天府不受侵害。」

「依卿所奏。」玉帝點頭，「七殺星君下凡十年，自然已經深刻反省，如今天庭臨難在即，正是用人時刻，你勿要辜負破軍、貪狼對你的保舉之情。」

阿七如鯁在喉，他其實沒那麼想回天庭，但一轉頭就見到陸離眼神閃閃發光，又瞥到破軍沾沾自喜，唉，算了！還是上前謝恩。

玉帝這裡主意已定，下旨命六丁六甲、日夜遊神、四值功曹前往崑崙查探，一旦發現姜無祟等人行跡，立即來報；二十八宿、東西星斗、九曜星官、元辰、揭諦領十萬天兵天將待命興師。

玉帝退朝，其餘人該幹嘛就幹嘛去，鍾流水卻叫住正在跟破軍低語的黃帝。

「讓我出馬當壞人，你個老頭可真奸！」

「我也受夠你這桃花仙了，一輛七香車就能讓你把罪統統推到本君身上。」黃帝搖頭，「本君已經是退歸洞府專心修煉的仙人，本不該理會這次的亂事，卻被炎帝等人拖累而重蹚渾水，不也是跟著當了一回壞人？」

「既然在專心修煉，神丹妙藥煉了不少吧？拿幾顆來。」鍾流水將手掌往黃帝身前大剌剌張開，笑得那是一點兒也不客氣。

「你到底有沒有節操？」黃帝怒問。

「都碎在你腳邊了。」鍾流水坦蕩蕩的說。

「你都吃了土伯那樣的大鬼，元氣飽滿，哪還需要仙丹妙藥？」

「白澤呀！」鍾流水一翻白眼，「為了替我延命，他自己的命可是快沒了。來來來，什麼續命丹都給我來幾顆，要是他死了，你那頭黃龍就賠給我當坐騎。」

黃帝也不怒了，呵呵一笑，對白澤那頭神獸自然熟悉得很，富有正義感，勤勞又認真，也不知怎麼會被桃花仙撿去當坐騎用。

黃帝從袖裡掏出一顆金丹塞到鍾流水手中，「這顆就夠了，去吧去吧。」

「只有一顆？真小氣。」鍾流水嘟囔道。

口中說著人家小氣，鍾流水還是趕快把金丹藏到自己的小酒葫蘆去了，反正他本人也沒啥節操可言。

鍾流水接著轉到阿七身邊，直說恭喜恭喜。阿七隨口敷衍，人間天上，天上人間，老實說，他還是喜歡人間多一些。

白霧迷迷濛濛，人形影影綽綽，抬頭往上不見天，這裡宛若混沌初開之地。

姜無祟頭戴饕餮冑冠，身著暗金色猛獸盔甲，腳踩凶悍戰麟靴，肅殺之氣凜凜。身旁一頭猛獸狺狺，頭上兩支巨角斜插向天，鉤爪鋸牙，毛髮顏色如火燎燒，正是饕餮。

姜無祟，蚩尤轉生，炎帝與桃花女仙的兒子。

八十一名兄弟猛將矗立身後，所有人自信滿滿，他們知道，曾被硬生生截斷的命運，很快都能延續下去。

除了委頓坐在一旁的張聿修外。張聿修看起來就是與這些人格格不入，而且人相當沒精神，因為之前受傷太重，氣血耗損嚴重。

好長一段時間之後，他終於問了。

「姜姜你……等什麼？」

是啊，等著誰？瞧這些人專心致志，卻又安靜肅穆，反倒讓人心生不安。

姜無祟還沒開口，後頭猛將們已經大聲喝斥無禮，這小伙子誰啊？怎能當面直呼戰神蚩尤那樣無聊的小名？

張聿修默然，他習慣喊對方姜姜，就算對方的氣勢和態度再也沒有一丁點兒天兵的樣子，但習慣向來就是個可怕又難改的小東西。

姜無祟冷眼斜來，「別以為用這舊名喊我，能讓我回復之前的傻愣，如今我是姜無祟。」

「不，我沒有……」張聿修想了想，突然改口說：「威霸傲天下？」

姜無祟一愣，這稱號……

「威霸傲天下」這名稱聽在那些猛將耳裡產生了無比舒暢的效果。這時就有一位弟兄說了，族長是實實在在的威霸傲天下，接著身後爆出整群歡呼聲，八十一位猛將們齊聲歡呼：「威霸傲天下！威霸傲天下！威霸傲天下！威霸傲天下！」

姜無崇點點頭，對張聿修說：「以我之威霸，的確足以傲見天下，你倒是替我取了個好頭銜。」

張聿修再次默然，心想：威霸傲天下是姜姜你在網遊裡給自己取的名字，不干我的事啊，但……

突然間姜無崇眉眼一動，凝望著虛空說：「他們到了！」

半空中出現了一條黑色的裂縫，像是隻黑色蛞蝓，扭動著撐了開來，那是泥犁寸隙，溝通人界與地府的通道。

三人從裡頭飛了出來，當先一人頭戴白玉冠，著白色儒服，腰墜青玉，相貌貴雅，是地府酆都大帝，也就是昔日的神農氏炎帝；接下來的一人披掛青銅盔甲，腳踏青銅戰靴，脖子以上有空蕩蕩的青銅冑懸浮，是炎帝愛將無頭刑天；最後一人披著灰色長髮，服裝輕便，氣色如死人，卻是術士張逡。

三人落在實地之上，身後泥犁寸隙再度閉合。窩在一旁的張聿修驚疑不已，他曾經在地府的酆都天子殿裡見過前頭那一位，是個好心人，不但為他們指明路徑，還送給姜姜一份貴重的禮物。

為什麼他會出現在這裡？

姜無崇見刑天有些狼狽，問：「有追兵？」

刑天回答：「貪狼七殺循線追到了酆都天子殿，看來天庭已經有了警覺，我們趕緊出發。」

炎帝抬頭看天，雲靄朦朧，這是雲霧幻陣，能遮掩行蹤，躲避日夜遊神及四值功曹的耳目，但雲霧維持太久，天庭遲早會起疑。

「走吧。」他說。數千年的籌劃，絕不可於此時功虧一簣。

姜無崇抬腳一步，卻又問：「誰來了？」

空中出現兩個身影，很快落到他們身前，卻是雨師、風伯。這兩人曾經幫助蚩尤大伐黃帝，呼風喚雨引發迷霧，蚩尤敗後被收歸天庭，風伯成為東方青龍七宿的箕星，雨師則是西方白虎七宿的畢星。

已經成為天上星宿的兩人，此時此刻卻出現在此，相當耐人尋味。

雨師、風伯先對炎帝拜禮，才對姜無崇說：「大事不妙，天庭不但沒殺了桃花仙，反而派他尋找鳥跡書符，據說要造出比玄女符更厲害的新符。」

姜無崇問：「倉頡遺留在鳥跡書碑上的文字？是誰出的主意？」

「是元老天君，他突然出現在淩霄寶殿上，幾句話就讓桃花仙官復原職。」風伯恨恨的說。

「是他？」炎帝儒雅的面容終於現出一絲憂心。

雨師又說：「更糟糕的是，桃花仙根據一個玉琮，居然猜出我們的目的地，已經派了殺貪破三星前往槐江山，我等須加快腳步了。」

「好個桃花仙，這樣也能讓他猜個八九不離十，他可比砍了我頭的人還來得難纏。」姜無崇嘴角擰出一絲笑，「刑天將軍，就請你帶領雨師、風伯前去槐江山阻擋壞事的人，另外再派個人毀了鳥跡書碑，免得功虧一簣。」

刑天接令，喊了張逡前往蒼頭山青龍白虎洞，「別因私仇誤我大事，先毀了鳥跡書碑，之後你想找桃花仙報仇或怎樣都隨便你。」

「是。」張逡應了聲，隨即離開這迷霧。

姜無崇斜眼問刑天：「他可靠嗎？」

「他曾被桃花仙挫敗過無數次，為了獲得報仇的力量，他答應為我做任何事。」刑天答。

姜無祟點點頭，雨師、風伯本就是自家兄弟，過去忍辱入天庭，全是為了打探情報，如今歸隊，對他而言，無異於如虎添翼，只是……

「土伯呢？」他又問。

「被桃花仙吃到肚子裡了。」刑天低調說：「土伯太過自信，以為桃花仙無力反抗……」

姜無祟眼現冷酷，「吃了土伯那隻大鬼，桃花仙只怕已經回復真元，難怪天庭敢交付他那項任務。我們可不能再耽擱了，必須立刻趕往那裡。」

「到底要往哪裡去？」張聿修問姜無祟。

炎帝輕瞥了張聿修一眼，反問姜無祟：「為什麼帶著他？」

「他有巫覡體質，能開啟絕地天通。」姜無祟答。

「我也是巫王，並不需要一個外來者，怕事有生變。」炎帝說。

「不需要犧牲自己人。」姜無祟冷冷說。

張聿修一凜，聽姜姜言下之意，自己難道會因為某個儀式而犧牲性命？

眾人不再多說，維持靜肅，投入沉沉重霧中。

鬼事顧問、零柒。亂天。

【第貳章】天雨粟，鬼夜哭。

白霆雷搞不懂，曾經有模有樣交代遺言的鍾流水，才飛上天幾個小時之後人就回來了，不但沒少塊肉，還悠閒的坐在破軍的星軺上頭，朝他用力揮手打招呼。

「唷吼！小霆霆快上來搭便車。」

搭……搭……搭什麼便車？還沒意會過來，一條葦索就朝他腰間揮了來，星軺再度往天上出發，然後咱們的警察大人白霆雷又再度體會了成為人肉風箏的樂趣。

「老子咬死你啊！」白霆雷迎風大吼。

「哦呵呵，來抓我啊！小霆霆。」鍾流水戲謔的朝後頭眨眨眼。

白霆雷當然咬不到他，他就是一枚苦逼的風箏，被一條細細的葦索牽繫著。葦索你就是那風兒，我是沙，咱倆相伴逐天涯訪落花，遇到美眉苦追她……

破軍的星軺穿山越嶺，一連駕了幾個小時，最後終於落在一座地形複雜的群山峻嶺中。

鍾流水跳下星軺，揮揮手，「多謝星君大德，我這就和小霆霆出發尋找倉聖人的青龍白虎洞去。」

「將軍可需要援手？」破軍問桃花仙。

「不需要不需要，我有小霆霆就行了。」

貳‧
天雨粟，鬼夜哭

鍾流水答得很是快意，一旁幾乎摔得狗吃屎的白霆雷卻是唧唧咕咕亂罵：老子是警察，是隸屬於人民的保母，不是神棍你的專屬僕人！

破軍勾眼看著白霆雷。

「將軍的白澤是難得一見的神獸，定能給將軍帶來助益。」星軺再度升空，空中破軍朝下說：「本星君奉元老天君之命往別處辦事，這就告辭。」

破軍走後，白霆雷氣呼呼指著鍾流水鼻子罵：「不是說天要亂你，你就亂天？你一定是上天之後發酒瘋，他們才把你放回來，啊，沒錯，沒錯，連仙人都忍受不了你這隻妖孽！」

「錯，他們要我去找個洞。」

「樹洞？」白霆雷點點頭，「沒錯，你就需要找個洞跳下去死一死，免得作亂人間。」

啪！有人腦袋瓜被拖鞋砸了。

「是青龍白虎洞，尋找造字聖人倉頡留下的鳥跡書碑，拓下上頭的人符。」鍾流水似想到了什麼，「對了，小霆霆張口。」

「幹嘛張口？」白霆雷揉著頭，非常有骨氣的說：「不張！」

鍾流水用力一踩白霆雷腳背，白霆雷痛得哇哇大叫。

「神棍你是有病……等等，你丟什麼到我嘴巴裡？」

「一顆藥。」

白霆雷大驚，剛剛有顆圓圓的珠子到了嘴巴裡，滑不溜嘰的，還來不及吐出就已經滾到肚子裡，他用手指摳喉嚨，乾嘔了幾聲，卻什麼也吐不出來。

「什麼藥？神棍你又想作踐我了對不對？」白霆雷必須表現出自己的憤怒！

「冤枉我了，蒼頭山裡日夜都有毒蛇野獸出沒，瘴癘妖霧肆虐，我預先餵你吃了藥，就不怕中毒了。」

「真的？」基於過去常有被鍾流水唬爛的經驗，白霆雷心中存疑，「不對啊，這藥吃下去之後，我身體開始發熱……欸，真的，好像有火在燒！」

白霆雷沒有誇張，他現在身體通紅，熱汗流滿，瞬間濡溼衣裳，整個人口乾舌燥的，皮膚發痛不已，見幾公尺外有條小溪，二話不說衝過去跳到水裡，這才覺得舒服了些。

「神棍你老實招來，給我吃的什麼！」在水裡白霆雷氣極敗壞的問，全身紅得像蝦子。

「呃……就是藥，普通的藥。」

「你的眼珠子可疑的往左上角斜去，證明在說謊！」

貳．天雨粟，鬼夜哭

「好啦好啦，我說，是毒藥。」鍾流水笑吟吟，「早就想毒死你這小狗崽子了。」

白霆雷想跳出水面痛揍神棍一頓，卻發覺丹田裡有暖烘烘的氣息盤旋，迅速遊走於奇經八脈與十二正經之間，他雖不懂怎麼回事，但因為身為神獸，許多事情不言而喻，不學自明，自然而然坐回水中，讓熱氣於體內淬鍊三十六次，最後回歸丹田。

體溫回復正常，濕答答的白霆雷走出水中罵道：「明明就是仙丹，還騙我是毒藥，欺騙本警察的小小心靈！不對，你最後一顆剪啊梅的不是都吃完了，哪兒來的藥？」

「跟天上人要的。」

「你肯定是勒索了誰，不過……」白霆雷搔搔頭，「謝啦！替你延命之後，我的確覺得身體不對勁。這仙丹吃下去後，精氣神飽滿，看來再化回白澤個幾十次都沒問題。」

「就是要你善盡白澤的本分，好好當我的坐騎，要不我才捨不得把元老天君的金丹給你。」

鍾流水真是一臉憾恨，「這金丹我要是自己吃了，想死都難。」

白霆雷聽到前幾句，本來打算當場炸毛，不過再聽到後幾句，發覺自己占到便宜，於是哈哈笑，「不想讓我死就說一句嘛！拐彎抹角繞一大圈，不累啊？」

笨蛋變聰明了，不太好玩，鍾流水有些意興闌珊。

「走吧，青龍白虎洞就在此山中，卻是雲深不知處，破軍星君把我們放在此，就是要我們自己找去了。」

白霆雷望這山區，地表處植物茂密，更深處雲封霧鎖，要從這種複雜的山區找到個啥啥洞，頗挑戰智商跟運氣啊！

鍾流水早有主張，幾步躍上一株高樹，抬眼四望，口唸開天目咒，追蹤此山的靈氣流向。

「擊開天門，九竅光明，速開大門，變魂化神，急急如律令！」

自古以來，地仙聖賢等人會喜歡尋找靈山中的洞府來修行，山中有靈氣，而洞府能凝聚那靈氣，涵養修行者的氣，只要追蹤流向，就能輕鬆找到青龍白虎洞。

煙靄氤氳於叢林，靈瑞氣息齊往一個群峰環繞的低谷間流去。

「那裡！」鍾流水指著該處，「就在那裡！小霆霆現在該是你報答金丹之恩的時候了，快變成白澤載我過去！」

「用走的不成嗎？老子只愛揹美女，討厭神棍。」

鍾流水脫下一隻夾腳藍白拖——

白霆雷真是受夠他這賤招了，好虎不跟神棍鬥！「吼」一聲後化為白質黑紋大老虎，神獸白澤降臨。

「吼吼吼！」老子變成老虎了，快上來。

鍾流水笑得賊眉賊眼，寵物就是需要調教的嘛！他帶著愉悅的情緒從樹頂一躍而下，穩穩當當落在寬厚柔軟的虎背上。

白霆雷撒開四蹄，朝鍾流水指著的方向去。在他們身後不遠處，有個鬼魅人影出現，卻是張逡。

貳・天雨粟，鬼夜哭

深山老林植物繁茂，幾乎連落腳的地方都沒有。但張逡身形飄忽，利用樹枝掩蔽，不著痕跡的跟蹤。望著鍾流水一襲藍色背影，十年來如出一轍，張逡回想起過去十年的經歷。

他曾被鍾流水逼得遠走南洋，等學成歸來，卻在後來的交鋒之中，成為了只剩一顆骷髏頭的鬼物，躲在田淵市乾元山中，苟延殘喘。他受到的損傷太重了，即使在陰氣滿溢的古戰場裡，要能修煉化形到一定的程度，只怕需要千百年的時間。他想，沒關係，鍾流水是不死的仙人，總有一天，他定能將對方挫骨揚灰。

他能等，他也擅長等。

某一個晚上，古戰場來了個不速之客，那是個無頭的青銅戰甲騎士，騎著匹骷髏馬，雖然沒有頭，但從那站勢卻看得出來，他正在遙望田淵市區輝煌的燈火。

無頭騎士身旁圍繞著一群腐爛狼獸，張浚知道那叫做骴傀，是古代術士捉取山中煞狼後，佐以藥水煉成的守墓獸。

將近子夜之時，無頭騎士指揮骴傀回到田淵市，似乎要牠們尋找某個東西。

張浚對無頭騎士很有興趣，騎士無頭，而張浚恰好只剩顆頭，如果能占據那具身體，便能自由運用那強烈的煞氣，最終能殺了鍾流水來解氣。

他不斷幽遊在無頭騎士的附近，尋找可乘之機。

月上中天，子夜陰氣最濃之時，無頭騎士抓了一隻鴟鳥隨手捏死，血肉氣味隨夜風四散。只見古戰場上陰風慘慘，鬼哭神號，戰場上冤死的兵將鬼魂一一從土裡起身，往無頭騎士的方向而去。

有意思，張浚看出無頭騎士用的是一種鴟役神鬼的法術。

鴟指的就是貓頭鷹，叫聲有不祥之兆，鬼神喜歡享用這種夜鳥的血肉，所以有些術士會在特定的夜晚到墳墓邊烹煮貓頭鷹，召喚鬼魂來為其所用。

張逵跟著那些鬼魂到騎士身邊，直截了當問：「你需要鬼僕？」

無頭騎士有些訝異，他的確是打算撿些孤魂野鬼，以戰場上隨挖隨得的骨骸來拼湊出可化為人形的鬼僕，方便代替他往田淵市辦事。

無頭騎士往張逵的骷髏頭看了一眼，說：「你若不是生前怨恨極深極重，就是曾經擁有強大法力，否則無法形成髑髏夜走。」

「兩者皆有，我現在也還擁有那些法力，就是沒有身軀，難以施行。你若能替我拼湊出一具寄生的人體，讓我得報大仇，我就願意為僕伺候。」

「你的仇人是誰？」無頭騎士問。

張逵心生警戒，他的仇人鍾流水本體為桃花仙，又是天庭敕封的捉鬼將軍，一般人根本不敢與他為敵，眼前的無頭騎士若是鍾流水認識的人，他這可就算是自投羅網。

無頭騎士見他遲疑，頭盔裡哼出不屑，「就這點膽識，還能跟我談條件？我錯估你的恨念了，去吧，莫擾我挑撿鬼僕。」說完，一股劇烈殺氣自青銅盔甲迸出，如風暴一般，立即將張逵重重掀翻到一里地之外。

張逵附著在骷髏頭上的魂魄受到了搖撼，意識居然空白了好幾分鐘，等他回過神，數月裡好不容易凝聚的陰氣竟也因此煙消瓦解。這不禁讓他駭然，無頭騎士到底是何方神聖？

或者該賭一賭，能讓自己提早翻身的機會就在這裡。

他搖搖晃晃再次飛回去，無頭騎士這時已經撿了幾個煞氣重的怨鬼，正在詢問他們的姓名與生年死月，一旦騎士與鬼魂達成共識，這些常年困縛於乾元山戰場的鬼魂，就能有離開的契機。

張逡不願將這機會留給別隻鬼，立刻大喊：「我的仇人是鍾流水，度碩山上的桃花仙人。」

青銅盔甲裡青光幽微，無頭騎士心裡有些動搖，靜默了好一會，最後他問：「你說的可是驅邪斬祟將軍，又稱鬼王鍾馗的那個人？」

「是的，你可有膽收我為鬼僕？」張逡反問，聲音裡竟有些微微發抖。

「你跟他有何冤仇？」

「你以為我如今一身的慘狀從何而來？」

「桃花仙愛對付惡鬼，順便吃吃眼睛，你應當是個十惡不赦的惡鬼。」

「會豢養骷傀的術士，心地也良善不到哪裡去，一個無頭之人依然活躍世間，你只怕跟我一樣，受到過極大的屈辱與不甘。」

「聽來我們是同路人。你須對我發誓，供我驅策，聽我命令，在我允准之前，你不許對桃花仙動手。」

「你也是桃花仙的敵人？」

無頭騎士不答，揮退那些被鴟鳥血肉吸引而來的鬼魂，青光一閃，青銅戰斧將地面劈出一道裂縫，露出埋藏在土中那些層層疊疊的人骨。曾經大小戰事不斷的古戰場，戰死其中的士兵多不勝數，全都曝屍於此，只要隨手一挖，幾乎都能找到幾根人骨。

斧柄一震，人骨竄出地面，圍著無頭騎士盤旋，騎士仔細挑出適當的胳臂、腿腳等等，竟也製作出了一個無頭成年男子的骨架。

張逡會意，飛到骨架之上。無頭騎士灑來一把輕粉土，一碰上人骨就開始連結增生，一層一層包裹住慘白的骨頭，有些地方厚、有些地方薄，也有些擬態成指甲，又有些成了毛髮、眼珠、牙齒、皮肉……封魂鎮魄法將魂魄打入，一個活靈活現的人物出來了。

重新擁有軀體且可以任意使用，讓張逡相當驚異，「這是什麼法寶？」

「這是『息壤』，不怕水火，生生不息，但是切記，若是有違我意，或者叛變，你就會失去這具身體。」

張逡知道息壤是神土，地下幽都的特產，同時也被天庭管制著防止外流，這位無頭騎士為什麼擁有如此珍貴的東西？

「你到底是誰？」他終於提出疑問。

「聽我命辦事即可，不該問的就別問。」無頭騎士冷冷的回答。

張逡後來知道自己真是運氣來了，無頭騎士交代自己的幾樣任務，都跟鍾流水及他的外甥姜有關。之前他搶回玉琮，見鍾流水那副吃癟驚訝的表情，讓他感到無限的快意。

他也不是笨蛋，慢慢捉摸出了無頭騎士的身分，居然是曾經與黃帝作對的刑天！也知道了炎帝策劃的陰謀，更驚訝於鍾流水外甥的真實身分，他確認天地即將大亂。

不過亂不亂跟他沒關係，他只想殺了鍾流水。鍾流水是他夜復一夜惡夢裡的鬼，想要終結這場惡夢，唯有殺了那隻鬼，他才能從夢中醒來，重拾心中的平靜。

鍾流水愜意的坐在柔軟的虎皮毛墊子上，喝了一口剛從天庭太白星君那裡訛來……不！是討來的酒，愜意啊！座下虎身雖然沒有翅膀，但騰身輕巧，耳邊呼呼風吹，風景倒退如飛，很快翻過了兩座山脊，地勢越來越低。

「往那裡去。」鍾流水瞇縫著眼，指著前頭一處被群山環繞的低谷。

谷裡頭雲霧裊裊，山溪從谷裡蜿蜒流出，溪水清澈，古柏聳立。這谷裡的植被居然跟附近的山貌完全不同。

白霆雷在山谷隘口前放下鍾流水，自己化回人身，見谷裡安詳平靜，忍不住質疑起來。

「神棍你說這裡有石碑？哪個笨蛋會把石碑放在這個連狗都不來的山裡頭？」

「不是說過了嗎？造字聖人倉頡！你該知道倉頡是誰吧？」

「神棍你也太看不起人了，連小學生都知道，倉頡是創造文字的那個人啊！小時候我最討厭他了，造出那麼複雜的字，害我每天寫作業寫得要命……」

「沒見識。」鍾流水嗤之以鼻，「倉頡造字之時，天雨粟，鬼夜哭，知道為什麼嗎？」

「那些鬼知道他們的後代子孫，每天都要為了學寫難字而累得半死，當然會哭。」白霆雷理所當然的說。

「天雨粟，是天上降下糧食以饗萬民，顯示天地同慶；鬼夜哭，因為鬼神知道，造化之祕已經被顯露，咒語疏文能讓靈怪露其形，人類能因此學會制服鬼神之道，鬼神再不會有好日子過了。」

白霆雷不敢再亂說話了，其實他對倉聖人還是有敬畏感的。他鄉下老人家認為印有文字的紙張都是神聖的，無論破損到什麼程度，也不亂扔，而是送到惜字亭的金爐裡焚毀。他小時候還因為帶小說到廁所裡去讀，祖母知道後把他唸了個狗血淋頭。

「更別說倉聖人有四隻眼睛，你認為那多出的兩隻眼睛幹什麼用的？」

「呃……替換另外兩隻？」

「錯！一隻看過去，一隻看未來，不過這也是傳說而已，能不能看見過去未來，也只有他自己才知道。」

谷裡到處是蔽日古柏。不知名的草蟲鳥獸毫不畏人，一叢彩蝶翩翩繞著他們飛舞，蝶翼上花紋斑斕，像是歪歪曲曲的蝌蚪字。

「感篆文蝶。」鍾流水大喜，「蝴蝶日夜受文符薰陶，久而久之，翅膀上也感應出了文字，沒錯，這裡就是蒼頭山！」

白霆雷走著走著，膩煩了，「到處是樹，哪來的鳥什麼碑!?」

一隻七色彩鳥翩翩飛來，鳥聲啾啾，說不出的悅耳好聽。鍾流水對白霆雷說：「這七色彩鳥不是凡種，一定有古怪，跟著牠！」

追鳥是件苦差事，谷裡枝幹交錯樹蔭濃鬱，盤亙交錯的樹根覆蓋住谷底，白霆雷跑一跑跌一跤，再跑一跑再跌一跤……

鍾流水都看不過去了，回頭低罵，「變回老虎啊你個笨蛋，說了多少次，你當老虎比當人類有前途！」

靠，老子想要多珍惜當人的機會還不成嗎？

樹冠下七色彩鳥穿梭自如，彷彿樹間精靈，始終跟鍾白兩人若即若離，就好像特意要引他們往某個特定的方向而去。

有趣了！鍾流水想，不過這七色彩鳥看起來仙靈充滿，應該不是鬼物幻化，故意過來誘惑兩人，想必別有所圖。

「小心為上。」他回頭跟白霆雷提醒。

「喔！」白霆雷應一聲，咚一下又被樹根絆倒。

不見天日的深谷，看來就像是座迷宮一般，迷宮盡頭卻是一圈荒煙蔓草，草長不及兩人的一半身高，草裡立著躺著許多黑色的墓碑。

七色彩鳥落在其中一塊已經斷裂成兩截的墓碑上，啾啾叫。

「靠，神棍你帶錯路了，這裡是亂葬崗，不是神仙洞府！」白霆雷大叫。

鬼事顧問、零柒。亂天。

【第參章】七色翩彩鳥，裂口食人花。

鍾流水的小心肝也的確驚疑了一下，但仔細斟酌，此處的確就是山中靈氣匯聚的地方，也就是所謂的風水寶地，鳥跡書碑不在這裡，又會在何處？

「喵！」白霆雷突然間興奮起來。

「喵什麼喵？」鍾流水瞪眼問。

白霆雷嘿嘿笑，他平日最愛看的就是《CSI 犯罪現場》了，立刻跑過去鑑識那些墓碑，想著，說不定能找出一件連續殺人犯的犯罪事件呢！但是看了看墓碑，他卻又不解了，立刻招手讓鍾流水過來。

「每個碑上都只刻了一個奇怪的圖畫，其他什麼也沒有。」白霆雷很是奇怪。

那些圖畫相當詭異，有些像小動物，有些則是奇怪的符號，類似刻在牛骨龜甲上頭的甲骨文，又或是印在泥板上的楔形文字。

鍾流水默數了下，一、二、三……九、十……包含小鳥身下斷裂的那一座，總共二十八個。

「神棍，這上頭的字跟你平常的鬼畫符差不多，是不是就是人符？」白霆雷說著說著，順手拍了拍石碑，立刻被鍾流水輕斥。

「這些可都是聖物，敲破一個邊我就打死你。」

白霆雷一抖，他的確天生手賤。

「這是倉聖人造字的原型，來源於鳥類和其他動物的腳印。」鍾流水逐一唸出上頭的符字，「戊已甲乙，居首共友，所止列世，式氣光名，左互乂家，受赤水尊，戈矛釜芾……」

「什麼意思？」白霆雷聽著那些比文言文還文言文的東西，眼睛裡頭開始出現鸚鵡螺漩渦。

鍾流水沉默了一會，嘆氣道：「倉聖人或許看得到未來，更或許知道元老天君為什麼肯定以我的桃符配合上鳥跡書符能夠搞定蚩尤。因為這根本就是針對蚩尤製定的符文。」

「咦？」

「倉聖人是黃帝史官，他在這些碑上記述了當年黃帝平定蚩尤之亂的功績，文字裡含有黃帝勝利的餘威，一旦符文釋出，對於蚩尤轉生的姜無祟，會是很大的傷害。」

白霆雷見鍾流水臉上完全沒有找到人符的欣喜，自然知道他的苦處，不論是選擇站在天庭或是姜無祟的一方都很為難，根本就是鍾流水在打馬虎眼吧。

「喂，神棍，把你的不開心都丟到本警察的碗裡來！」白霆雷拍拍對方肩膀，特別哥兒們了一把。

「沒什麼不開心，就算不知道結果是好是壞，也不影響我們把該做的事情先做一做。」鍾流水倒是一副看開的樣子。

「那、現在就拓印吧。」白霆雷催促起來了。

鍾流水摸出幾張薄如紙的桃木片貼上碑帖表面，二十八個石碑，需要他拓印上二十八次，更別說其中有一座石碑已經斷成兩截，這功夫必須細緻些，方能拓印的完整，他將心神都投入到工作裡頭。

七色彩鳥揚翅大叫，似乎並不待見鍾流水的拓印工作，又往天上飛個十幾圈，噪起一片嘹唳的啾囀。

突然，只見貼在石碑上的桃符泛出圈圈金光，隨即寂然。鍾流水取桃符回來看，上頭空無一物。

「怎麼回事？」鍾流水眉頭深皺，幾乎可以夾死蚊子。

「神棍你弄錯了，文史工作者拓印都是先在表面敷上濕紙張，乾了之後再用刷子蘸墨拍刷，哪像你這麼隨便？外行充當內行。」

被個笨蛋奚落，要是在平常，鍾流水的拖鞋早就往白霆雷額頭上招呼了去，但可能是心情憂鬱的緣故，他只是白了白霆雷一眼。

參・
七色翩彩鳥，裂口食人花

「笨蛋！我不是要把石刻的文字用紙跟墨給拍印出來，而是要將符文的靈力轉移到桃符上。說也奇怪，我居然取不出符文……」

鍾流水回想起元老天君說過的話，普通人無法拓碑，即使拓下，離開山區碑文就變樣。

「哼，拓不下，就把碑文給扛出去！」鍾流水發了狠的捋袖子說。

「二十八塊大石頭，我變回老虎也扛不動！」白霆雷一扭頭，「你扛。」

鍾流水冷笑，掏出小酒葫蘆，「我的葫蘆能納萬物……不，說萬物也太誇張了些，但是區區二十八塊石頭絕對沒問題。」

他打開葫蘆口一拍，大喝：「萬物千機變，壺裡虛空藏，疾！」

葫蘆裡射出千萬道虹光，籠罩二十八座石碑，七色彩鳥啾啾亂叫，慌張的飛了開去，很快光芒又往葫蘆束攏。令鍾流水訝異的是，除了已經斷成兩截的石碑外，其餘石碑都原封不動的立在當場。

白霆雷開始吐槽：「神棍你不是說過什麼、呃、袖裡乾坤大，壺中日月長？幾塊石頭都裝不進，葫蘆遜斃了，你根本是個遜咖！」

有道是天作孽猶可違，自作孽不可活。故事說到這裡必須暫停個幾分鐘，因為某警察正被自家的鬼事顧問拿拖鞋抽打中。

人有壓力時，會影響對事情的判斷力及裁決力，鍾流水也不能免俗，幸好在他暴打完寵物後，神清了，氣爽了，回頭看看石碑，再看看葫蘆，瞭了。

「石頭連著符文，靈力太強，超出葫蘆能吸納的程度，如果硬要裝入，葫蘆會爆掉。」鍾流水思忖，「難道真要一塊一塊揹出去？」

白霆雷掙扎著從地上爬起來，腦筋難得也清晰了一把，居然能聽懂鍾流水話裡的意思。

「意思是 8GB 的隨身碟卻硬要去裝 64GB 的大容量檔案，所以被拒絕存取了吧？」他卻還有疑問，「為什麼斷了兩截的卻能裝進去？」

鍾流水對此也有疑問，正想拍葫蘆倒出兩截斷石，突然聽見白霆雷大叫小心，就覺得有一股陰鷙氣息從後頭捲來。

鍾流水往前一滾避過，生氣回頭一看，卻是一根布滿尖刺的棍棒物襲擊，偷襲的人正是他早就認識的老冤家——張逵。

「一聲不響就動手，沒禮貌！」鍾流水抱怨道。

「想給你個驚喜罷了。」張逵陰著臉說。

鍾流水一點兒也沒有久別重逢的驚喜，知道張逡這傢伙心胸狹小愛記仇，被自己往死裡整了幾次後，總想盡辦法報仇，國文教科書應該把他的故事拿來作為百折不撓的典範。

白霆雷提醒，「神棍，這傢伙咬起來有土味，難吃死了！」

「土味？」鍾流水訝異了一下。

張逡不讓他多想，狼牙棒橫掃，竟是往離他最近的一塊石碑橫掃而去，卻聽「砰」一聲，石碑微微晃了一下。

鍾流水大驚，這傢伙是特地來破壞鳥跡書碑的嗎？張逡是炎帝刑天的同路人，卻跑來破壞鳥跡書碑，想必是知道天庭來尋找人符的事了。

顯而易見，天庭裡潛伏了替炎帝通風報信的細作。

張逡兩手變化成了狼牙棒，迅動連出一片塔狀晶光，往鍾流水頭上罩下，一旁白霆雷動作更快，吼聲中變身為虎竄奔而來，把張逡硬生生撞跌到十幾公尺之外。

白霆雷隨即護在鍾流水身前，哮吼連連，聲動山林，故意朝張逡齜了齜牙，亂來你就試試看！

鍾流水笑咪咪摸著坐騎的頭，卻對張逡訕笑，「他們只派你一個人，對你的能力也太放心了。」

張逡雖然跌得狼狽，回話時卻胸有成竹，「你錯了，我還有五個幫手。」陰風盤旋，地底飄起綠色燐光，聚合出五個小小人形，張逡又掏出五張五鬼鬥兵符，往那五個人形的背上貼去，唸咒驅動五鬼。

「金木水火土，五鬼現真形，助吾奪他魂魄神不清，急急如律令！」

溫度瞬間下降了十幾度，燐火聚成的小小人形實體化起來，正是張逡煉養的五行五鬼。他再抓一把五鬼符空拋，符咒「嘩」一聲燃燒起來，五小鬼目中精光大盛，張牙舞爪朝鍾流水蹦跳。

化成虎身的白霆雷跟著動手，虎爪朝五小童狂扣而下，塵土飛揚草木橫飛，小鬼們奮力躲開虎擊，吱吱怪叫，一個跳上虎背往前捋鬚，一個抓緊虎尾擺盪，另外三個緊抱住白霆雷三條大腿咬。

「嗷嗷嗷嗷嗷嗷嗷！」白霆雷亂叫亂跳，幾個死小孩，快給老子下來！

鍾流水知道張逡的小鬼們難纏，一勞永逸之法就是先滅了張逡這個禍害，五鬼也會自動消解。綠色火焰燎燒上手臂，一抖勁，葦索就往張逡臉面暴射，張逡凌空倒翻，狼牙棒呼轟作響，棒棒往鍾流水致命點砸擊。葦索綠芒繞彎過兩支狼牙棒的間隙，悶聲一響，張逡被擊中的臉面就如一坨濕麵糰變了形，鼻子整個歪斜，眼洞挪位，嘴巴呈四十五度角往脖子斜下來，比鬼還恐怖。

「臉歪了。」鍾流水提醒著說。

桀桀怪笑從歪曲的嘴縫裡透出，「我知道。」

話剛說完，那歪七扭八的頭居然又緩緩重塑回來。

鍾流水皺眉，這人的皮肉很奇怪，受傷了也不會流血，又有重新塑型的功能，到底是什麼材質？

心裡有疑問，鍾流水手上可沒閒，葦索拋飛起半弧線，將張逡攔腰穿出一個大洞，這讓後者身體傾歪成一個相當可笑的角度。

張逡也不慌，一會兒工夫傷口縮攏，很快洞口又回復原狀。

鍾流水收回葦索，摸出上頭沾附的些許皮肉。離開本體的皮肉失去水分後，變成乾乾粉粉的細沙。他聞了聞，再嚐嚐味道，頓時面色僵沉。

「息壤。」

張逡面上浮起一抹得意的笑容，「息壤耗之不盡，生生不息，我已是不死之身。」

「這樣的身體有股臭味，你居然忍受得了？」鍾流水冷聲諷刺。

「我沒嗅覺。」張逡說：「愛吃鬼體的你，肯定就愛這骨子腐屍味，別裝清高！」

這話中肯的令人無法直視。

鍾流水聳聳肩，葦索横劈揮掃，動作快到幾乎看不清，千條綠電罩往張逡四面八方。張逡輕喝一聲，皮膚硬化為肉色鎧甲，竟是硬生生承受了鞭擊。

息壞能軟能硬，軟時隨意塑型，硬時又能疊城築牆，就只聽見劈里啪啦響，這回鞭子沒能再洞穿他的身體，只留下淺淺的幾百道印痕，很快的，印痕變淺變淡，就像被人踩上腳印的沙灘，在一道浪潮淹過後，又歸復於平坦。

真是討厭！鍾流水想著，這時卻又聽到寵獸吼吼吼，發現白霆雷也遇上了棘手難題。

五隻小鬼的狠戾跟它們的外表有很大的反比，看起來像是逗弄著大貓，實際上每次一抓，都扯下白霆雷的一層毛，更別說它們的牙尖嘴利，一咬就透骨，白霆雷形象都顧不了了，乾脆往地上翻滾打蹶，就跟天底下所有的貓狗藉著地面在搔癢癢一樣。

「別因為它們是小孩兒下不了手，全是鬼，吃了它們！」鍾流水百忙中分心大吼，知道笨蛋獸還留有人類的習性，無法對小鬼們下狠手。

參・七色翩彩鳥，裂口食人花

白霆雷被提醒了，腦海中閃過很久很久以前的記憶，當年度碩山上桃花樹下，神荼、鬱壘常把吃不完的鬼魂餵給他，吃鬼什麼的他心理才不會有障礙呢！

低頭便往左足上那一隻小鬼當頭咬下去。實體化的小鬼們自然有著生前人類的形態，白霆雷在咀嚼小鬼頭骨的同時，也能聽到自己口腔裡骨頭喀吱粉碎聲，剛聽時還覺得有些不忍，但咬著咬著，就覺得小鬼的滋味真不錯，難怪神棍愛吃鬼。

既然放開了顧忌，白澤的威力可就不是蓋的，橫身一飛，背脊重撞上一棵參天古柏，古樹應聲斷裂，他背上那隻狠啃狠咬的小鬼也被撞扁了，再也抓不住虎軀，如破布一般滑到地面之上。

白霆雷吃完了前頭一隻，轉個身又把地上這一隻給吞了，其餘三隻小鬼卻依然不畏懼，但也開始忌憚起來，放開了他，改在他身邊繞走，隨時準備趁隙攻擊。

「吼吼吼、吼吼！」放馬過來，臭小鬼們！

張逡眼見小鬼已經少了兩隻，憤恨但不慌張，這些小鬼本就是棄子，少了幾個，日後煉補回來就行。他趁鍾流水分心關注白霆雷，自己也往另一塊鳥跡書碑重重撞去。

碎砂紛飛盤旋，石碑上頭稍稍露出了裂縫，七彩耀光透射而出。

石碑有靈，將張逡遠遠震跌開去，他身軀變形的嚴重，被息壤包裹的骨架子似乎也斷折了幾根。

之前那隻七色彩鳥這時叫喚的更大聲，也不知是指責這些人破壞了造字聖人遺留人間的寶物，或者另有其他原因。

鍾流水暗叫不好，看來張逡來這裡的主要目的就是破壞鳥跡書碑，他得盡速解決掉人才行。見對方跌落的地點離石碑尚有一些距離，再加上對方受創甚重，就算擁有息壤的體質，要完全恢復過來也需要一段時間，他趁機召喚天外飛星。

飛起五片天火正心符，掌指交疊，口喝咒曰：「火符引星自天來！」

五片符紙化為五顆火球上衝雲霄，就像人間放射高空煙火，爆炸後落下無數顆飛星，全往張逡的方向砸去。

這就是鍾流水的打算，飛星的破壞力大，熱度強，或許能把張逡的皮肉打散掉，甚至毀壞支撐的骨架，這樣，就算有息壤，也頂多讓他回復成一條蠕蟲。

張逡見數十顆飛星齊往他來，眼裡竟是浮出了陰鷙的笑意。

鍾流水心中陡覺不妙，但為時已晚。張逡那歪七扭八的身體猛然間恢復原狀，一躍而起，狼牙棒把所有飛星往石碑處打擊過去。

參・七色翩彩鳥，裂口食人花

大地強烈撼動，塵土淩擾而起，天外飛星的破壞力讓山體像是翻了身一般，所有石碑轟然倒下，有些碎了，有些完好無缺。在互相推擠的塵煙裡，鍾流水茫茫然，他奶奶的，居然中了張逡的計！

非常非常的生氣！

他親手毀壞了可能足以扭轉關鍵的鳥跡書碑，搞不好還會被天庭認為自己倒戈，跑去姜無崇那一方陣營裡，偏偏鍾小妹在雷部的掌握之中，也不知會落到什麼結局。

是可忍，孰不可忍！

張逡的心情當然跟鍾流水大相逕庭，他完成了刑天的交代，破壞了鳥跡書碑。現在，大人的遊戲時間才真的開始，他可以放手一搏，殺了鍾流水。除非殺了鍾流水，否則他這一輩子永遠沒有平靜的時刻，他會日夜活在怨恨憤怒的地獄裡，永遠不得翻身。

他迎上某人陰霾的雙眼，而後者原本清秀俊雅的面貌都變了，變得跟鬼一樣，青面獠牙，髮絲如戟，恐怖猙獰，煞氣逼人。

「你惹我生氣了……」某神棍陰風慘慘的說：「你真的惹我生氣了……」

他是真正的憤怒了，沙塵因他而旋，狂風為他同悲，一把桃木劍自他背後飛出，劍身嗡鳴出實質的圈紋，那是煞氣熾烈的漣漪，此圈彼圈碰撞又綻放，顫動出遠古傳來的音靈。

「萬鬼敵……」張逡認出了那把桃木劍，那是一把曾經擊殺過神人后羿的煞器，也曾經殺死過自己。

暗紅色火焰噴湧，那是桃木劍本身的熾氣，而在滾滾熾氣中，鍾流水雙眼紅如血，破除邪魔惡煞的氣勢竟讓張逡心悸。

張逡不懂自己為什麼會恐懼？他已經有了不死之身，按理說，他不應該會害怕，但事實上，他覺得自己的腳如同樹葉般隨風抖動，就像遇上天敵的蟲物，一瞬間竟無法做出任何應對，理智卻又明明白白告訴他，面對這樣的天敵，不是戰，就是死。

他怕了，他想。

但即使是怕，他也要憑著這股懼意，與對方至死方休！

「鍾流水，那就拚個你死我活！」

一身肉甲化成重砲重擊而去，帶起滾滾黑煙翻騰，煙裡火光翻湧，手腳身軀拉細拉長又扭曲，身未及，爪先到，穿走於萬鬼敵狂風暴雨般的劍氣中。

鍾流水劍勢飛閃、莫測奇怪。突然，他劍尖疾點，張逡手腳立刻炸開。張逡「砰」一聲滾倒在地上。

正掙扎著要爬起，鍾流水大步踏來，揪起人又是一拳打飛，讓他摔成一灘爛泥。

「萬鬼敵，萬鬼莫能敵！張逡，它最愛殺的，就是你這種執迷不悟的鬼，受死！」

劍鋒直刺張逡心臟部位，張逡少了手腳，憑著緊連在身上的殘缺斷肢往前爬，又覺冷鋒襲來，轉頭一看，鍾流水如影隨形，一把將他打趴到地上，撕開他的背，露出森森白骨，又一拳擊下，脊椎骨當場粉碎。

「鍾流水！」張逡怒喝，「你……」

就像是鶴鳥被人給扼了喉嚨，高唳戛然而止，萬鬼敵從上而下截斷他的喉頭，驚愕的頭顱骨碌碌往前滾了去。

「啊呀！不小心讓你頭滾遠了，不知道滾不滾得回來……」鍾流水作勢往頭顱的方向看了看，「地球是圓的，滾一圈也就回來了。」

張逡的頭的確滾遠了，但是很抱歉，他的頭顱作為一個主體的存在，其實是擁有自主活動的意識。

頭顱悠然浮起，張逡拔著嗓子般尖尖的笑：「搗碎我的骨、剉斷我的脊也沒用，我隨時能往亂葬崗去重組一副骨架，敷上息壤……」

這傢伙就是那打不死的蟑螂啊！

突然間虎吼一聲，把剩下的小鬼都吃乾抹淨的虎身白霆雷凌空橫移而來，沉重虎掌把浮空的頭骨往鍾流水的方向拍過去，鍾流水單掌接過，捧著那再度驚愣的頭顱。

鍾流水與張逡平行直視，事實上，兩人從未如此靠近過。這讓張逡頭一次看清，某雙桃花眼裡一直以來潛藏的深沉晦色，是吃了無數鬼物後累積的黑暗物質。

既仙且鬼，珠聯璧合，竟混合成了毛骨悚然的存在。

鍾流水冷冷的說：「沒錯，就算我砸爛你的頭骨，你也能想辦法再生，你的命太硬了。」

「我不會讓你失望，鍾流水，就算丟我到阿鼻地獄去，我也會爬上來找你！」

「阿鼻地獄太遠了，還是把你放在身邊，這才一勞永逸。」

鍾流水的嘴巴越裂越開，越裂越大，整張臉面變成一朵巨大食人花，「噗」一聲就把頭顱吞入了腹內，喉嚨深處不斷傳來震驚的吶喊。

這還不夠，裂口跟著用力吸氣，那些曾經組成張逡皮肉的息壤跟著被滾滾吸入，鍾流水居然就這樣吞吃掉了張逡。

參・
七色翩彩鳥，裂口食人花

白霆雷：「……」

這太凶殘了！

張逡不清楚鍾流水對他做了什麼事，只覺得自己像是正在洗衣機裡盤旋的布娃娃，進到了鍾流水的肚子裡，但此種處置方法也太過可笑，以為這樣能將他徹底消滅？

他有勝算，只要頭顱骨能逃出去，他很快又能重組出一副好用的軀殼。

只是，他隱隱覺得有些不對勁，根據判斷，他應該在鍾流水的肚子裡，但眼前昏暗幽冥，完全不是想像中的人體內。抬頭四望，這裡有天有地，還有昏暗的光球懸掛空中。

幻覺？

頭顱輕輕飄起，一大片息壤跟隨著，他驚疑不定查看周圍，一條混濁的黑黃色河流在遠方蜿蜒，鐵灰色高大沙岩拔地而起，有風吹拂，卻夾雜怪異的鬼哭神號，偶有野獸群鳥現身，卻全都是黑色的。

「這裡是……」

「既然你是不死之人，這個地方最適合你養老，好好享受退休生活吧，老頭。」鍾流水的聲音從天上傳下。

「我在哪裡?」張逡心中有不好的預感,咬牙切齒問。

「我的身體就是鬼門關,能替你開啟前往幽都黃泉的大門。」鍾流水戲謔的說:「我想通了,既然你那麼恨我,乾脆永遠跟我在一起,呵呵,永遠死不了,卻又永遠報不了仇的苦日子,一定既痛苦又滋潤。」

「放我出去!」

「除非我死。」鍾流水語調一變轉為冷酷,「否則鬼門關永不開啟。」

「鍾流水,你給我聽著,我不會認輸,我會……」

之後,不論張逡再如何的大吵大嚷,鍾流水再也沒有一句回應。

張逡開始頹然,前所未有的挫折,他居然就這樣被鍾流水扔到幽都黃泉,再也沒辦法回到人世?

荒涼沉寂,絕望的情緒鋪天蓋地,重重將他壓著,壓到喘不過氣。

他開始想,開始沉思,開始醞釀心情。

「我不會放棄的,鍾流水。就算是一千年、兩千年,只要不死,我總能回到人間去,跟你把舊帳都算清！」

他飄浮起來，四處逡巡，恨意會讓他堅強，讓他在各種環境裡，都活得比地上全人類都有意義。

鬼事顧問、零柒。亂天。

【第肆章】篆文蝶，七香車。

鍾流水的身體就是鬼門關，但是天庭為了囚禁蚩尤八十一位族兄弟，硬性封印了鍾流水的身體，而姜無崇為了闖入幽都，刺穿了鍾流水心臟，同時也破去了封印，這表示，鍾流水再度擁有開啟鬼門關口的自主權。

倒楣又悲摧的張逡，因此不幸成為封印破解後的頭號犧牲者。

至於旁觀的白霆雷，顫得就像是那風中殘燭，他受驚了。

他全程目睹了可怕的畫面，看見鍾流水的臉裂開，裡頭的黑色大漩渦「咻」一聲就把張逡吞進去，還把附近的息壤一併吸個乾淨，比吸塵器還犀利！

「喵喔喔喔？」神棍你有必要這麼變形金剛嗎？

鍾流水情緒緩緩平復下來，抹抹臉，又是一張清雅桃花面。

「把麻煩的討債鬼送進鬼門關，在那裡，他愛恨我多久就恨多久。」鐘流水無奈的一攤手，「我仁慈的接受他的恨。」

白霆雷愣了愣，哇操！仁慈的意思不是這樣吧？這是相愛相殺啊！是吧是吧？你泥中有我我泥中有你啥的，你們就這樣相伴到老死，互相別去禍害他人了可好？

可是……

「吼喔喔喔？」難道不怕有誰又來殺死你放出他？

「如果他擁有蚩尤那類的戰友，我的確會擔心。」鍾流水哼一聲，「給了他息壤的人，不過是利用他而已，不會為了救他來跟我拚搏。」

白霆雷忍不住替張逡可憐起來，他去過幽都，知道那裡的蒼涼荒闊，要是自己被永遠困在那樣的地獄，只怕不出三天人就瘋了。

但是，人的命運都是自找的，張逡在不對的時間裡遇上不對的人，獲得這樣的下場，怪誰都是錯。

鍾流水吞了張逡之後，解氣了不少，回顧現場，滿目瘡痍，他卻露出了微笑。

「哈！原來我想錯了。」

「吼嗚？」想錯啥？

「讓開。」鍾流水劍指上天，焚符唸咒，「火符引星自天來！」

火球錯落肆虐谷底，原本被砸得殘破的石碑這下更是七零八落了，每一塊都分崩瓦解，碎屑飛揚。

白霆雷徹底懵了，是誰說這些石碑都是聖物，敲破一個邊都值得被打死的？

鍾流水這麼做當然是有原因的，火球爆破石碑後，七彩聖光自斷裂的石塊中迸射開來，極聖的力量脫穎而出，霎時光華滿谷。

白霆雷眼睛都要被眩瞎了，趴在地上虎掌壓眼，過了一會兒再看時，光芒已淡，卻是鳥聲不間斷，一群七色彩鳥在石塊上飛來飛去，仔細數去，整整二十八隻。

好多的鳥啊，抓一隻來吃吃……

當他奮力撲起要捉其中一隻時，鍾流水一隻拖鞋砸飛過去：「不准吃，活捉！」

白霆雷很不滿的喵喔喵喔，躍於半空中擋在七色彩鳥前頭，鳥兒嚇得抖羽而回，但是攔了這一隻，另一隻又往反方向去，沒翅膀的白霆雷輸在無法於空中進行全面攔截，一邊墜落一邊嗷嗷叫。

神棍你他媽的還不快援手！某虎眼裡都幽怨的控訴了。

鍾流水取出八根桃枝，往彩鳥群盤飛的下方射去，深插入地的桃枝拔起伸枝盤繞，鳥飛往哪兒枝椏便伸往哪兒，葳蕤枝葉緊連成網，硬生生將二十八隻鳥兒截下來。鳥兒半空打了幾個旋後，俯衝入溪流，一入水便化成鱗光鮮麗的七彩游魚，順著溪流就要游出谷。

「小霆霆，看你的了！」鍾流水呼喝。

肆・篆文蝶，七香車

白霆雷跳入水中，虎掌一拍就是一條魚兒上岸。魚兒在溪畔上抖跳掙扎，鍾流水趁機甩出滿天花雨，霎時谷裡落英繽紛，每一百零八朵連成一具花囚籠，三千零二十四朵形成二十八具花囚籠，將二十八條魚兒給網了起來。

白霆雷跳上岸來，抖抖身上的水珠。嘿嘿，哥就是那天生的捕魚高手，哥就是宇宙的新希望，神棍快膜拜哥！

鍾流水白他一眼，就這德性還想讓人膜拜，人貴在有自知之明啊……

正要收回籠子，花囚籠裡爆出七彩強光，當強光散去，一隻隻的七色彩蝶由囚籠的縫隙飛了出來，拊翼翩翻，滿坑滿谷，弄得白霆雷這隻老虎目瞪口呆，媽啊！這下目標變成了幾千隻，這……這……這是要怎麼捕？

這些彩蝶跟之前遇上的感篆文蝶差不多，若是逃了出去，跟那些蝴蝶混在一塊兒，再要抓齊可就困難了。

「好個倉聖人，這是玩我呢！」

鍾流水咬牙切齒，短短時間裡他使用了不少耗費真元的法力，可真有些累了，得速戰速決才行。指掌翻飛，手腕靈動，他正如交響樂團的指揮一樣，以美妙的手法來譜就動人的樂章。

「花雨漫天！」

花囚籠「轟」一聲散開，還原成三千零二十四朵嫣紅桃花，每一朵都灌注鍾流水的意識，每一朵都在風中起落飛旋，追著蹁躚不已的彩蝶，只要碰觸到，五片柔美的花瓣立刻成了海星的觸手，將蝴蝶包裹在花心裡。

每一隻蝴蝶都逃不出生天，每一隻蝴蝶都被狩獵，所有的花朵都是勝利的食肉捕蠅草，將文字的靈魂吞到花朵的肉體裡，合二為一，分不清彼此。

鍾流水大喝一聲：「聚！」花朵全往他身上貼了來，又融到了他身體裡，無聲無息，無渣無滓，就像雪花化於春光裡。

白霆雷過來看了老半天，嗷嗷叫了幾聲。神棍你身上可真漂亮啊，到處寫滿了字，好像被誰塗了鴉，欸欸誰有相機呢？拍張照，拿給別人笑笑。

鍾流水也注意到了身體的異樣，他臉色很難看，實質上的難看，好像生著大病一般。

「人符轉印到我身上來了，用我的靈力養著。」鍾流水又解釋，「倉聖人窮天地之變，仰視奎星圜曲之勢，俯察魚文鳥羽創造字符，剛才你看到的那些鳥、魚、蝴蝶，全是鳥跡書符的變化。」

白霆雷見鍾流水有些搖搖晃晃，猜到這些符文上身，肯定給神棍造成不小的身體負擔，轉念又一想，還好，剛剛拍魚上岸的時候，沒有因為嘴饞而偷吃那麼一條、兩條魚，要不現在倒楣的會是自己。

鍾流水跳上虎軀，一拍頭說：「走了。」

「吼吼？」去哪裡？

「槐江山玄圃，找七香車。」頓了頓，又說：「趕在姜姜之前。」

聽到姜姜兩字，白霆雷心抖了一陣，偷眼望鍾流水，卻見他表情冷漠，似乎真把那位疼了十年的外甥當成了外人一般。

但事實上呢？

白霆雷不必問，這種事情沒什麼好問的。

他，被虐了。

槐江山上，姜無祟佇足四望，北邊崑崙峰高聳，曾是黃帝都城之所；西邊有稷澤，后稷曾於該處舉行過巫祭；南邊群山連綿，是槐鬼離侖部落的領地；東望恆山高遠，強悍的有窮鬼族曾經居住其上。

而槐江山位於帝都北方四百里遠，是黃帝的園林兼牧場；黃帝乘龍升天後，這一大片頗具規模的園地則由神獸英招來管理。

張聿修站在姜無祟的身後看著這一切，怎麼也沒想到自己居然能親臨聖域，這裡不該是卑微的他能造訪的地方。

「你們打算擅闖神聖的地方？」他問姜無祟。

「你認為軒轅氏既神且聖？」姜無祟吊眼反問，而軒轅指的就是黃帝的氏名。

張聿修突然間也不這麼肯定了，這幾日跟姜無祟相處下來，並不覺得他邪惡，但的確是霸氣悖逆。

「你認為軒轅是一代偉人，那是因為他掌管了政權，能任意操縱史官的記述，能更改民間傳說的內容，幾千年下來，你在學校學到的歷史，在網路上查詢到的常識，都是被刻意操縱過的扭曲神話。」姜無祟說。

「不可能所有人都是傻子。」張聿修不認同這話。

「勝者為王，敗者為寇，從我身上你還看不到例證，你就是個傻子。」

姜無祟說得譏諷，但卻是事實，歷史的真相需要靠文字及語言來流傳，控制了這兩者，就能改變歷史的記錄，扭轉後代所有人的想法，積非成是。

張聿修低頭不語，從前他認真唸書學習知識，現在他卻無法確定自己學習的是否為正確的知識，除非他能回到幾千年前，親眼驗證一遍。

「我對那時的你不熟。」終於他抬頭說，「但你太過任性，你毫不在意的開殺幽都獄卒，以為那也是網路遊戲，只管殺戮，卻不須負起道德良心的責任。」

「獅子搏兔，天經地義，你會說牠殘忍？」姜無祟反問。

「獅子再殘忍，一次也只獵食一頭動物，肚子餓了才尋找下一餐，你卻對殺戮這種事上癮。天庭當初的處理是對的，你必須被壓制。」

「這是你對我使用玄女符的原因？」姜無祟陰狠微閃眼底。

「我擔心你若繼續暴戾下去，總有一天沒人壓制得了你，若我還活著，我也一定會想辦法反你、殺你。」張聿修說到這裡，茫然了一下，跟著又搖頭，「我不認為這是你我會成為朋友的原因。鍾先生說過，血親、好友，是種扯不斷的緣分，我們出現在你周圍，是冥冥中注定的，這世上沒有巧合之事。」

「自詡為正義的人最擅長巧言令色，任何行為都能被言語包裝的莊嚴，就算是根爛木頭，只要刻成佛像鍍過金，愚夫愚婦還不磕頭頂禮？你也一樣，指著我的錯處，就讓你的行為合理化，說到底，你不過是拿一個冠冕堂皇的理由來反我罷了。」

「就算我想反你，也是心有餘而力不足。」張聿修苦笑，「你威霸傲天下，自然也不容許任何人忤逆你。」

炎帝聽著這兩人的談話，低嘆一聲。

刑天知他為何而嘆，低聲勸慰：「我主勿憂，局勢終將扭轉。」

炎帝靜默看著這個從年輕起便成為自己近臣的戰將，就算當年奉效的君主於阪泉敗於軒轅氏，依舊不離不棄，陪著退居南方，如此勇猛、忠心、護主，若不能封之為英雄，誰又該是英雄？

勝者為王，敗者為寇，英雄在敵手的天下裡被抹黑，有時便如遲暮的美人一般，不堪回首。

「扭轉之後，你想做什麼？」炎帝突然這麼問。

「屬下別無所求，只願繼續奉侍主公。」

兩句話裡，包含了無法言喻的臣子之義，主僕之情。事實上，這兩君臣在酆都大殿一起度過的四千五百年悠悠歲月裡，更像是患難與共的兄弟，承擔彼此的失落與苦楚。

很快的，這些重擔都將卸去。

「你也是個傻子。」炎帝說著，繼而又想，自己何嘗不也是個傻子呢？只有傻子才會百折不撓，為了單純的願望蟄伏到現在。

蚩尤個性的確難以掌控，卻能完成他們的願望，亂天。

亂天，除此之外，別無他求。

英招神獸手執金殳守在玄圃入口。這神獸外形怪異，竟是一匹長有雙飛翼的人面馬獸，身軀紋路斑斕，口吐人語。

「槐江山為帝下之都的一部分，元老天君的封土，人神不得擅入。」他態度不善，朝著以姜無祟、炎帝為首的一群人傳達警告，其音鏗鏘，其勢烈烈。

姜無祟感受到山的周圍被下了七十二道精鎮符，又有黃神越章之印封住四面八方。這表示此地正是天庭封給黃帝於人間的領土，就算是神祇，不得允許而擅入，也會受天章懲處。

炎帝站了出來，「我來要個東西。」

英招認出了炎帝，但是沒有元老天君的手諭，就算玉皇大帝親來，他也不給面子。

「速離，否則休怪英招無禮！」

他身後湧現幾百隻土螻獸與欽原鳥。土螻是玄圃內飼養的四角羊獸，其角尖銳無比，觸人即死；欽原則是一種毒鳥，貌如蜂，大如鴛鴦，草木觸及則枯，活物被螫則斃，跟土螻原來都是吃人的妖物，卻被英招馴服來守山。當然，若是必要，英招也會放任牠們啃吃幾個擅闖者。

姜無崇正要硬闖，擔任後衛瞭望的雨師前來，說了幾句話。

「貪狼七殺也上山來了，動作真快。」炎帝點頭。

刑天跨前一步請命，「讓屬下去牽制他們，免得壞事。」

姜無崇說：「你帶雨師、風伯過去，布下雲霧幻陣，我來搶奪七香車，瑤池上會合。」

雲霧幻陣裡頭有大量的水氣與風霧，能遮天蔽日，擾亂人類的五官運作，進而產生幻覺，若是加入雨師、風伯的相助，屬性相乘，能讓這陣法進階到相當棘手的程度。

刑天領命要走，炎帝又丟給他一張圖，「幻陣配以山河社稷圖，能阻亂他們腳步，你傷勢未痊癒，務須小心注意。」

「是。」刑天回答，收了山河社稷圖。

刑天領雨師、風伯走後，姜無崇冷冷看著英招，表情相當不屑。

「區區百千隻土螻、欽原，以為擋得住我？」

「你……凶悖魂體？」英招問。他身為玄圃的照顧者，曾經助黃帝平定蚩尤之亂，自有相當的能力與眼力，認出姜無崇身上那強悍的霸氣。

「不錯，我是姜無崇，但你可能比較熟悉我前世的名字。」姜無崇冷笑，「蚩尤。」

英招心怵了一下，但很快又奮起精神。食君俸祿，忠君之事，他的分內之事就是守著這處園林。

「蚩尤，儘管放出你的五兵戰具，我必死守不讓。」

「要對付你小小一個園圃管理者，還有那幾百隻可愛的小動物，根本用不到我出手。」姜無崇退開一大步，「我有八十一位戰將等著熱熱身手。」

銅頭鐵額凶悍無比的巨人踏前，雙角崢嶸鬢髮倒豎，手上沒有武器，他們本身就是武器。

「上吧，兄弟們！」姜無崇下了個命令。

英招喝吼，土螻獸和欽原鳥紛紛湧出。欽原鳥複翅如蜂，數百千隻飛行時，發出嚓嚓的尖銳聲響，鋪天蓋地而來，在巨人頭頂上飛舞成了個大漩渦，轉眼間將天遮蓋一半。

針型口器瞧準了巨人們的眼睛撲刺，這毒針一旦螫入眼珠，注入的劇毒會將人體內部溶解成黏稠體液，欽原鳥藉著這種類似消化液的毒水，能將獵物體內先行消化一遍，再將口器刺入死物，就能把營養吸到身體裡。

事情總有變化，欽原鳥在刺入巨人眼珠的同時，突然間發現不對勁，牠們居然無法注射毒液，幾隻反應快的鳥兒忙要抽出，口器頂端卻像是被沙石卡住了。

巨人們輕鬆的把口器卡在眼睛裡的鳥兒抓起來一捏，血肉四濺，而他們被刺穿的眼珠子緩緩的回復原狀，就好像捏壞了的黏土，只要巧手重新塑形，就能捏回原來的模樣。

「息壤！」英招認出來那種土壤。

沒錯，巨人們剛從幽都被放出來的時候都還只是鬼魂，但刑天根據他們生前的形貌，取石為骨，以息壤重塑了軀體，他們不但擁有了不死之軀，而千變萬化的息壤更能隨己之意，化成各式各樣的武器。

欽原鳥一下子損傷了幾十隻，其餘知道巨人們的厲害，不敢重蹈覆轍，改而飛繞巨人身邊，就像蚊雷成群，以轟鳴的振翅聲及令人眼花撩亂的群舞來迷惑巨人的視覺及聽覺。

在此同時，土螻獸狂奔逼近，牠們頭上的四支長角銳利無比，但因為敵人們具有息壤之軀，牠們聰明的放棄以角攻擊，改而張口噴出大片暗黃色毒霧。

炎帝眉頭皺了皺，說：「退遠些。」

姜無祟急拉張聿修跑開，跟著炎帝直退到幾十公尺外的一個小土丘上方停步，這土丘視野正好，能將他族兄弟與欽原、土螻的對戰看得一清二楚。

張聿修本來就被欽原翅膀的磨擦聲弄得頭很痛，能避遠點更好，但是看見土螻獸吐出的黃霧，卻心驚膽顫，那土螻獸看起來像是草食性的羊隻，噴吐出的霧氣卻有劇毒，毒霧過處草木皆腐，就連巨人們的身體也被腐蝕得坑坑洞洞。

巨人們完全沒有痛感，而息壤更是以出人意料的速度再生，那些被腐蝕掉的坑洞很快被填平，巨人反守為攻衝上前，土螻獸同樣被激發了獸性，跟著竄奔而來，砰砰撞擊不斷，獸與人兩方抵著頭，角勾著角，竟是一副誰也不讓的氣勢。

不知道是哪一位巨人當先怪吼了一番，抓住土螻犄角兩端用力一扯，皮肉堅厚的妖獸竟然活生生被分撕開來，紅紅綠綠的內臟往天空灑去，把上頭飛旋的欽原鳥都驚飛了。

其他巨人跟著有樣學樣，哀號聲中屍體不斷堆疊，原本還受英招轄管的欽原鳥兒聞到血肉與內臟的味道，再也禁受不了，一隻隻俯衝下來，吸著那些碎斷的腸子肝臟，再也顧不得其他。

英招仰天發出驚雷般的吼叫，手中金殳往地上強力一擊，地殼泥石紛飛，翻出一條深刻的傷痕，那傷痕還繼續拉長中，直往姜無崇裂去。

姜無崇哈哈一笑，跳上饕餮同樣往前衝去，鬥氣與英招擊殳而震出的音波強碰，氣流雲蕩，大地為之鬆動。

「我手癢了！」

姜無崇手上的嵌錐金甲手套斬出無形刀刃，七七四十九道晶光橫旋劈出。英招舉殳連串雜搗，「砰砰」擊撞聲一聲接著一聲，覆蓋方圓數里，地面上所有突出的山石草木全被剷平，巨人踉蹌跌倒在地，就連張聿修都被顫得頭暈目眩氣血翻湧，眼前一黑就軟倒在地上。

英招晃了晃，臉色漲紅，跟著吐出一口血，與姜無崇硬碰硬的結果是受了內傷，反觀對方，快意飛揚，看得出來相當享受戰鬥的樂趣。

硬壓下胸口的痛，英招凌厲再進，剛才的交鋒讓他知道自己絕非姜無崇的對手，但他必須戰鬥下去，戰士的本分與宿命不容懷疑，即使要死，也要死在戰場之上。

姜無崇邪魅一笑，從饕餮背部翻騰而上，卻在即將掠過英招頭頂之時急墜，寒光倏起，英招舉殳昂抬向天，竟是打算橫砍姜無崇的腳。

姜無祟橫空翻滾，七七四十九道晶光過隙，穿過寒芒，英招頭顱爆濺向四面八方，金殳落地，四蹄馬軀卻依然穩穩站立。

姜無祟似乎還沒過癮，凌空撲擊，金甲手爪一現光影，由英招背後直透向前，掏出一顆猶然熱滾跳動的心臟，輕輕一捏，鮮血噴了他一臉一身，他卻毫不在意，舔舔脣上的血漬，表情殘忍無比。

還不夠，他還想繼續殺！他要看赤紅遍野！

欲望暫時無法滿足的他，抓著英招的軀體抬起來就要狠狠的撕裂開來——

「姜姜！」張聿修驚愕而喊。

姜無祟沒來由的頓了頓，在他順著本意大發凶性之時，一個似乎很熟悉的呼喊就這麼穿入耳中，到達腦海，制約住了他的下一步行動。

他繃著表情轉頭，卻見張聿修由驚愕改為深深的嫌惡。

張聿修嫌惡的其實是自己，他眼睜睜看著一場殺戮在眼前展開，卻無力去阻止，他恨自己能力渺小，更恨姜姜早已不再是姜姜。

這樣的嫌惡裡，其實埋藏的是深沉的悲哀，正如他說的，他是心有餘而力不足。

「他已經死了，不需要再……」

張聿修想說，不需要再做些多餘的事。

姜無祟收斂好呼吸，最後哼了一聲，「你是在悲天憫人？認清楚你現在的處境，一隻被俘虜的章魚，沒立場來對我說東道西。」

張聿修驚奇了一下，「你喊我章魚！你還是姜姜？」

姜姜、姜無祟兩者之間的差別是很大的，張聿修突然覺得眼前出現了一道光，救贖的光。

姜無祟表情陰沉的丟開英招，大步踏過血肉模糊的土螻獸殘軀，炎帝與他並肩往玄圃而去。

炎帝不著痕跡的看了張聿修一眼，對姜無祟說：「殺了他。」

「我說過，要用他開啟絕地天通。」姜無祟冷聲而答。

「你知道我擔心著什麼。」炎帝又說：「你可曾想過，最討厭麻煩事的桃花仙為何會把你帶在身邊養了十年？」

「他想用親情來羈絆我，以為能靠血緣來制衡我，但他失敗了。」

「他成功了，在姜村之中你沒能殺死他就是證明。」

姜無祟變臉，「胡說！」

「你的猶豫，讓劍偏心而過，給了他活路。」炎帝嘆口氣，「天地分清濁，日月朝暮懸，鬼神掌死生，血親若絲連。他用十年換回自己一條命。」

「我不會再犯同樣的錯誤。」

「我卻很懷疑。能造成羈絆的，不只是血緣，還包括君臣間的義理、兄弟間的提攜，夫妻間的情愛。」炎帝正色道：「你被那姓張的小子羈絆住，你視他如兄弟。」

「你才是我的君主與父親，他們……」姜無祟指著後頭的八十一位巨人，「就是我的兄弟，我不會動搖。」

炎帝點點頭，「最好是如此。」

兩人的對話到此為止，停步在玄圃中央。

絳樹處處，瑤池旁四腳蛟龍驚入水中，因為大批陌生巨人侵入，蝮蛇、蜼、豹、鶌鳥都奔逃四散，巨人們四散開來尋找傳說中的七香車，但玄圃廣大，這麼找下來，也花費了好幾個小時，直到姜無祟聞到了一種特殊的香氣。

這香氣有水果的甘甜、花葉的芬芳，濃烈而獨特，出自於一堆幾乎腐朽的木頭架子，上頭纏繞著亂七八糟的枯藤老枝，卻隱隱約約能看出是個車。

「七香車……」姜無祟皺起眉頭，他由香味認出這就是當年黃帝乘坐的車，只不過當時這輛車的外形更為端麗莊嚴，畢竟是製作來讓帝王駕乘的車輿。

傳說中的法寶，是軒轅黃帝破蚩尤於北海的寶車，如今殘破到這種程度，他不禁懷疑，這東西還能上路嗎？

「車子不重要，重要的是裡頭的司南，有了它，就能找到天胎磁藏穴。」炎帝看出了他的懷疑，於是解釋。

司南就是古代製作的一種磁針器具，等於現代指南針的始祖。藏於崑崙裡頭的天胎磁藏穴含有特殊的磁石，這種磁石唯有特殊的磁針能感測到，七香車裡頭的司南就配備了這款磁針。

姜無祟繞了那腐朽的木料一圈，料定司南與七香車是一體的，看來還是得想辦法讓七香車活起來。

春風吹又生，他從腦後抓出幾根桃枝往腐朽的根木上刺入。

桃木抽芽長葉，軟糯的枝椏一圈一圈盤繞腐朽的枯木，乾枯的表皮得到潤澤而滋蔓起來，萎縮的骨盤重新長出絨毛般的軟墊，傾頹的車輪也因著新生桃木的支撐而陽剛硬挺，藤蔓往上搭蓋出了遮日避雨的葉羽，花瓣為帳為簾，綠意中夾雜粉花繽紛，整車散滿桃花的甜香果味。

七香車生氣蓬勃，宛如新生。

就在車駕前頭，長出了一個盛水的木皿，裡頭有根磁針，正隨著水波而浮盪著，這正是司南，而針尖指朝的方向，就是天胎磁藏穴。

「我忘了你也擁有一半的桃仙體質。」炎帝感喟。

突然間他想起了鍾家小妹，姜無祟不只是外貌像極了她，連能力也幾乎複製了過來，這也是血緣聯繫的另一項好處。

姜無祟跳上車，饕餮跟著也想爬，卻被他趕了下去，「你長太大隻了，占位子。」

饕餮有些委屈，看著炎帝坐上車去，更意外的是姜無祟居然也把張聿修提上車。主要還是因為張聿修體力委頓，跟不上巨人們的腳步，放在車上也能隨時盯著，不怕他逃。

「走吧。」姜無祟說。

七香車從頭到尾都已經被他控制住，他的思緒藉由桃木傳達到車子任一處，而姜無祟下達的命令很簡單，就是朝磁針指出的方向前行，其餘巨人跟在後。

他們要前往北方，崑崙之丘的方向。

鬼事顧問、零柒。亂天。

【第伍章】雲霧迷幻陣，山河社稷圖。

陸離與阿七奉玉皇大帝之命，駕星軺前往槐江山，眼見目的地在望，突然大片雲霧擋路，濃稠的程度剛好夠兩人見到彼此隱約的身影。

「這霧有蹊蹺，快高飛擺脫！」阿七趕緊說。

陸離驅策星軺往上，越飛越感到不對勁，根據這麼飛的速度和時間，早都該飛上了天際才對，身周卻依舊一片霧茫茫，完全看不見終點。陸離改而降下星軺，阿七急追，絲毫不敢怠慢，就怕慢上那麼一些些，兩人會在濃霧中分散。

明明剛才往上飛了那麼久，下降時卻只費了幾分鐘就觸到實地，而濃霧起如牆，置身霧中完全分不清東南西北，兩隻星軺攢蹄低鳴，看似有些不安。

「槐江山上不該有如此濃霧，我擔心……」

陸離話說到一半就止住，因為他突然猜測到了某種可能——蚩尤等人已經來到了槐江山！任誰都知道，蚩尤是操縱霧氣的高手，陸離立即往上發射星晞，那是一種類似沖天高射砲的東西，能直達九天雲霄，綻放耀眼紫光，是星君們彼此傳遞消息的手段。

兩人仰頭等了一等，卻見星晞往上沒入濃霧後就無聲無息，這霧居然將星晞吞吃了！

陸離的星軺突然低低嗚叫，載著主人往前跑，彷彿嗅出前頭藏了什麼怪物，阿七一驚，忙拉

伍·
雲霧迷幻陣，山河社稷圖

回陸離來。

「別走散，免得被躲藏的敵人各個擊破。」

陸離一想也對，自己似乎太心浮氣躁了些，殺貪破三位星君之中，果然還是七殺最為穩重。

摸索著走了一會，四周依舊蒼茫，這讓兩人更加警覺，覺得身後有東西如影隨形。

「什麼人？」陸離猛回頭大喊。

除了層層捲流的霧氣之外，什麼都沒有。

兩人狐疑的往前繼續走，卻聽身後有腳步聲再起，兩人互丟了個眼色，假作不覺，又前進了十幾步，直到後頭人越來越近，這才同時回頭，等看清了來人，忍不住訝異。

「怎麼是妳？」

後頭人豔光照人，肩膀上還停了隻羽毛華麗的紅鳥，竟然是白霆雷的上司，警政署特殊事件調查科科長姬水月，以及她的神鳥朱明。

陸離一向不待見她，指著對方鼻子叫：「妳為什麼在這裡？妳還不死心啊？」

姬水月不理會他，卻對阿七說：「醫院裡你跟白霆雷把我給甩下，鍾先生也沒回報我玉琮案的進度，我乾脆讓朱明來找，最後到了這裡。」

陸離怒氣滿滿，不客氣的提醒阿七：「趕走她，她是禍水！」

「這不是人間執法單位能解決的案子。」阿七勸姬水月，也認為她待在這裡不好，就算她擁有司獸的能力，跟星君比起來，還是比都不能比。

姬水月的態度很堅定，賴著阿七，不走就是不走，「你曾經救過我，我也想盡棉薄之力來報恩。」

陸離對阿七使了個眼色：你告訴她關於前世的事了？要不她怎麼像個嚼過的口香糖一樣，黏得死死死？

阿七搖頭否認，也眉來眼去表示：我怎麼可能跟姬水月說她前世是九尾金毛狐，為了躲避天雷，故意施用媚術去勾引我，勾引不成卻還是千方百計糾纏，最終我還是替她擋了天雷，卻被雷部往上參奏了一筆，被貶下界成土地公，而她九尾金毛狐也被廢了修為，轉生成人。

「我們困身霧裡，她落單會很危險，任何事等出去再說。」阿七提了個折衷的辦法。

陸離斜眼看姬水月，想起如今的她是司獸相獸的方相氏後裔，身負操控十二神獸的法門。嗯，也好，待會霧裡若是出現個什麼怪物，就把她推出去當誘餌。

「如果她保證不拖後腿，就讓她暫時跟著。」陸離終於放鬆了態度。

伍·雲霧迷幻陣，山河社稷圖

「我討厭有偏見的男人。」姬水月眨眨美目，走在阿七身邊，看都不看陸離一眼。

「等妳到達我這高度，偏見全是浮雲。」陸離也不是好惹的。

陸離讓星軺隨意選了個方向走，反正霧裡頭不辨東西南北，往哪兒走都一樣，阿七卻收起星軺，變回黑鱗銅皮雙尾叉，陪著姬水月並肩而行。

三人在濃霧中小心前進，不久後，前方地面出現了個大洞，有一條下行的台階，薄薄的霧氣不斷從洞底湧出。

朱明神鳥啾啾叫，姬水月指著洞口大喊：「有人！」

有個黑色人影正賊頭賊腦往洞外看，一發現他們三個人，立刻縮回洞裡，陸離追過去，石階上頭空蕩蕩，人不見了。

三人低頭檢視著石階，這階梯很陡峭，往地底深處延伸，卻不知道通往何處。

「追！」姬水月這麼一命令，朱明拍著火紅的翅膀就順著階梯下去，她跟著要進入，阿七拉她回來。

「貿然進入恐怕會遇到危險。」

「你擔心我？」姬水月微微一笑，突然問阿七：「我覺得……很久以前就見過你，也不知是不是錯覺……」

「是錯覺。」陸離一秒速答。

姬水月橫眉冷眼，「我跟他說話，你插什麼嘴？」

「我是他官方發言人。」陸離再度速答。

阿七：「……」

姬水月一跺腳，撮嘴呼嘯，朱明從地底飛回來，跟主人嘰嘰咯咯不知說著什麼。幾秒鐘後，姬水月回頭說：「裡頭藏著這場霧的始作俑者，抓了他，霧就散了。」

陸離說：「這地下通道出現的古怪，擺明著裡頭有陷阱。」

姬水月不贊同，「與其在這不見天日的濃霧中浪費時間，還不如直搗龍穴，這才是解決問題的方法。」

「好，我們進去。」阿七斟酌了下，最後同意姬水月的看法。

陸離走在最前頭，阿七居中，姬水月在後，三人小心翼翼下階梯，盡頭處是一條平坦黑暗的隧道，陸離取星晞在手，放出紫光作為照明。

紫光明亮，將隧道照耀的清清楚楚，兩旁是彩繪斑斕的壁牆，描繪古代國王親征異域的戰爭場面，那畫面栩栩如生，作為戰獸的象虎豹等各個猙獰，士兵們腳下則踩著卑躬屈膝的俘虜。

阿七謹慎的問：「這壁畫的風格很熟悉？」

陸離也有同樣的感覺，一時間卻想不起在哪裡見過，只覺得這洞裡陰風颯颯，光亮照不到的黑暗處，彷彿有怪物蟄伏。他想了想，又往前丟了一顆星晞過去，照出前頭竟然有個緊閉的大石門，兩旁或坐、或跪、或站著幾個黑色石人，手裡都拿著黑色利刃。

都已經來到了這裡，冒險的人當然不會退縮，陸離策星軺到門前，試著推了推，卻是閉合堅固，這門不但堅厚，而且久年未使用，連身為星君的他都難以推動。

跳下星軺，正打算讓阿七使出天火燎來破壞石門，突然隧道裡出現了人聲。

「要通往深淵遺塔，須打敗守門的黑火侏儒。」

「誰在那裡？」陸離仰頭喊。

「要通往深淵遺塔，須打敗守門的黑火侏儒。」人聲再起，維持同樣的聲調起伏。

「什麼黑火侏儒？你給我說清楚！」陸離又問。

人聲不再，黑色石人卻動起來，黑色煙霧徐徐從口鼻冒出，空洞的眼眶也亮出深黑色的幽火，就像是剛從地獄甦醒的惡鬼，揮舞利刃朝三人衝了過來。

兩星君正要施手段，姬水月卻當先站出，全身金光流淌，口唸除厲咒：「煌火馳而星流，逐赤疫於四裔，凌天地，凡使十二神追惡凶！」

甲作、巰胃、雄伯、騰簡、攬諸、伯奇、強梁、祖明、委隨、錯斷、窮奇、騰根等十二驅邪神獸現身，窮凶極惡將黑侏儒團團圍住。

黑侏儒利刃亂砍，神獸們各施悍勁，這個張血口咬住某個黑侏儒的大腿，卻被石頭身體崩壞了大片鋸齒，其他神獸獸爪亂撥，讓侏儒沉重的身體砰然倒地。侏儒們趕忙回擊，嘴裡不斷吐出薄霧，神獸們一沾上，身上就燃起一團一團的黑色業火。

姬水月回手一收，十二神獸變回一張張的獸型紙樣，坑坑洞洞，就像被火焰燒灼了一回。

黑侏儒越吐越多的毒霧，陸離和阿七有星君紫氣護體，但姬水月凡胎肉體，眼見霧氣就要淹沒過來，不禁變臉，喊道：「朱明！」

肩上朱明一張口吐出七七四十九枝無羽火箭，隧道被映得紅通通，空氣灼熱難當，四十九道能量在黑侏儒中心聚集爆發，高壓能量膨脹後爆炸的潮波往外捲覆，灰塵石塊紛飛，石門前一片狼籍。

陸離和阿七退到門邊，只覺得姬水月這女人行動力驚人。

伍．
雲霧迷幻陣，山河社稷圖

灰塵落地後，隧道裡頭恢復了能見度，黑侏儒這時已經成為散石，隧道頂端再度有人說話。

「恭喜三位勇士通過黑侏儒的阻礙，通往深淵遺塔的大門將為勇士開啟，請歡欣鼓舞接受黃金淵的洗禮。」

「黃金淵？」陸離覺得這名詞很熟悉，怒問：「你到底是誰，給我出來！」

那人沒回答，石門則緩緩的旁移，門後另有一條廊道，三人趕緊通過，進入了一座巨石堆砌的圓形廣場中。

與廊道內不同，廣場上霧氣隱遁，天光明亮，跟羅馬競技場差不多，牆面內圈有三層觀眾席，柱式裝飾，頂層為看台，面牆底有另一個出入口。

「我們一舉一動都被幕後的那個人所掌控，有風險。」阿七看了看四周，「繼續走下去？」

「都已經走到這裡，不揪出躲在幕後的那個人，我不甘心。」

這回答合乎陸離的本性，阿七嘆口氣，轉頭看一眼姬水月，後者卸去不久前那強橫的態勢，很小女人的跟在身邊，見阿七望來便倩笑以對，讓阿七忍不住都呼吸窒了窒，立即別開視線。

人投胎後，或多或少都還保留前世的習性及慣有動作，姬水月也是如此，舉手投足存有九尾金毛狐的銷魂魅態，就算是崇尚清心寡欲的仙人，一旦碰上，也很難保證自己不受到影響。

阿七從前就因為這樣而吃過苦頭，此刻自然更加警醒，他為了掩飾情緒，當先往前開路，倒不是怕被姬水月察覺，而是擔心這要被陸離知道了，又有一頓嘮叨好聽。

三人來到廣場正中間時，陸離的星軺突然尖叫示警，下一秒間，地面突然間炸裂開來，裂痕以迅雷不及掩耳的速度朝四周蔓延，廣場分崩離析，金黃色岩漿從裂縫噴出。

陸離駕星軺往天空飛去，阿七和姬水月則跳上附近的碎石塊上，所有的石塊都在熔岩海上蕩漾著，像一艘艘的小船。

阿七知道這石塊很快會沉，於是揮舞著黑鱗銅皮雙尾叉，要讓它也變回星軺，卻聽見上頭的陸離招呼著快躲。

天空變暗，雷轟電掣，天雷如金蛇自空中打下，目標竟是姬水月！

姬水月施放朱明，四十九枝火箭由鳥喙噴出，在半空中匯聚成粗大的火焰長箭與天雷相撞，巨響震徹整個廣場。

天雷的威力略勝一籌，朱明受到反衝滾倒在地，羽焦體黑，哀號輾轉。

姬水月離朱明很近，也遭受到雷光衝擊而飛出去，眼見就要撞到廣場牆上，星羅雲布將她接住，放在觀眾席上。

伍．
雲霧迷幻陣，山河社稷圖

救了姬水月的正是陸離。

陸離雖不待見姬水月，但也不認為她該死，只是，為什麼這裡會有天雷？

他仰頭上問：「敢問五方雷將，為何要劈了方相氏後裔姬水月？」

天上沒有任何雷將回應，陸離納悶，他貴為一方星君，更是紫光夫人之子，天皇大帝、紫微大帝的弟弟，五方雷將是吃了熊心豹子膽嗎？劈人也不先跟他照會一下？

阿七也有疑惑，雷要劈人必有原因，比如說對方是凶悖魂體，又或者是修行到了一定年數的妖精，但姬水月已經不是九尾金毛狐，更不是作惡多端的大壞人，這天雷劈的莫名其妙。

雲雷再聚，滋滋響聲不斷，厚重烏雲層泛出銀光，光蛇再度穿破雲層，依然對準姬水月。

早有準備的阿七飛身撲上，將姬水月護在身下，瞬間開啟防禦法術，紫色光華發出一圈厚厚的護壁，遭逢雷光，迸出劈里啪啦的爆響。

與天雷的對決讓護壁的厚度約減了三分之一，阿七的臉也白了幾分，就算是天上星君，硬與天雷抗衡，體內真元直接耗損，跟不要錢的一樣。

第三道、第四道雷接連而下，破壞力排山倒海，護壁薄到只剩幾寸，滾滾轟雷更是震得阿七耳裡嗡鳴不絕，腦海裡恍恍惚惚，卻還是撐著，知道只要撐過第五道雷，姬水月就能得出生天。

這是天打五雷轟，只要能撐過五道雷不死，天庭就會放過這些妖精、或是凶悖魂體，而如今第五道雷正滾滾於雲後醞釀，看來是要一舉將姬水月劈得灰飛煙滅。

陸離看不過去，朝阿七大喊，「你撐不住了，放開她！不管她做了什麼，都是自作自受，天雷不會亂劈無辜之人！」

沒錯，天雷毋枉毋縱，姬水月肯定做了什麼，才會招引天雷來打。

阿七動搖了下，卻聽身下姬水月害怕的說：「救我……」

此情此景似曾相識，阿七想起從前也是這麼替她擋下天雷，就在最後一道雷打下前，她同樣如此說了一句，救我……

白駒過隙，人生一世——

阿七怔了半晌，突然覺得，算了。

黑鱗銅皮雙尾叉立化星軺，提起姬水月上去，「快走！」

姬水月緊緊抱住他的腰，「不走！」

雷氣凝聚，電流暴動，藍色電球劈劈啪啪，空氣壓力緊繃到極點，光蛇爆出炸響，鞭子一般往阿七的護壁打下。

這時再要趕姬水月走也來不及了，眼見雷光落下，阿七不避不讓，竟是打算拿一世修為來搏！

笑話，他想死，陸離可不會讓他死，兄弟情分擺在那裡呢！

陡然間黑幕蓋頂，星羅雲布集合二十八顆星曜之力與天雷抗衡，布面將雷力傳導往布面之外，耗雷力於無形，陸離於千鈞一髮之際救下阿七和姬水月兩人。

「傻子！」收回星羅雲布的陸離不是很高興，恨恨的檢視布面，出現了好幾個小破洞，織線也斷了幾根，看來得往天河織女處走一趟，請她補丁了。

阿七其實驚出了一身汗，正想起身跟陸離道聲謝，卻被姬水月拉回來，這時後的她居然變了模樣，盛裝古服，嬌媚神祕，身後九尾華麗如扇。

「別走。」她說，媚眼如絲，跟平日的姬水月完全不同。

陸離也發現姬水月的異樣，大吃一驚，難道姬水月前世的修為並未完全被剝奪，剛才生命危險之際，竟激發出她的本能了嗎？

而阿七還在發呆，這下可不大好，陸離趕忙提醒：「快離開這裡，別忘了你好不容易復職，得爭取立功的機會，必須搶在亂賊之前找到七香車！」

阿七總算有些回神，點點頭，沒想到姬水月卻又開口：「你為什麼沒跟他說那件事？」
「哪件事？」阿七茫然問。
姬水月說：「你不想回到天庭，不想重坐星君之位，不想擔那麼多責任，你還覺得天庭處事勿枉勿縱，規矩多到不近人情，連七情六欲都被限制得死死……」
阿七愣住了，「妳……」
陸離將姬水月的話一字不漏聽在耳裡，臉色變了幾變，喝問：「妳再說一次！」
姬水月對阿七說：「你七殺星君度過枯燥乏味的修仙過程，挨過各種試煉，卻因為心思的一時糊塗，立刻從天庭被打下凡間……你知道，若是某些人犯了同樣的錯誤，頂多就是輕罰……」
「別說了！」阿七變了臉色。
姬水月妙目往陸離瞟了瞟，用挑釁的語氣說：「世間有許多的不公平，天庭也一樣，某些天之驕子生於仙家，理所當然名登仙籙，頤指氣使，想讓你怎樣就怎樣，你可嚥得下這口氣？」
姬水月口中所說的天之驕子，指的正是陸離和破軍那些人。
姬水月纖纖玉指又在阿七胸口上點了點，「你羨慕桃花仙的自在，卻被那些所謂的兄弟情誼給制約，你不敢說出心中所想，你根本不想領別人的情……」

姬水月這一番話的的確確說出了阿七的心事，但阿七平日想歸想，也知道這類心思若是被陸離、破軍知道，簡直就是打了他們臉，如今被他人直白戳穿，又困窘又是難為情，只覺得手冷腳冷，全身血液都上沖到了腦部，脹得難受。

他看向陸離，很想否認，嘴巴張了幾張，終究沒說出任何辯解的字。

「是真的嗎？」陸離沉下臉來，冷冷的問。

阿七推開姬水月，站起身來，他完全無法否認。

陸離臉色冷淡又冷漠，他怒到極點了：「我跟破軍拿你當兄弟，為你在天上到處奔走，卻原來只是我們的一廂情願。在你眼中，我們只是自我感覺良好的紈褲子弟？」

「……」

「你想留在人間與狐狸精比翼雙飛，我也樂見其成，你就別回天上了。」陸離冷酷駕策星軺，往對面的出口廊道而去，他氣死了！氣到完全不想再看到後頭那兩個人。

阿七打算追過去，姬水月卻死死抓抱他的腳，很不以為然的說：「這不就是你想要的嗎？天庭捅出的簍子讓天庭去管，你既然羨慕閒雲野鶴的自在，我們一起雲遊天下，當不管事的地仙。」

「不，不是這樣的！」阿七搖頭。

「當年明明對我心動，礙於天規，連我的手都不敢碰，卻又拿命護著我，真是矛盾，你究竟是委屈了自己，還是不了解自己？」

阿七沉默了一會，倏然問：「為何妳如此懂我？」

「我懂你，是因為我喜歡你。」姬水月扇了扇那誘惑的睫毛，「九尾狐狸也最擅長猜測他人心事。」

阿七腦中有些混亂，閉眼又想了好一會兒，睜開眼後卻說：「不可能，當年妳只是利用我，沒什麼喜歡不喜歡。」

「就算當年不喜歡，現在也喜歡了。」姬水月說：「你讓人覺得很可靠，值得依賴。」

阿七默然不語，卻又說不出所以然。

就在他覺得整件事都違和到不知該怎麼辦時，出乎意料之外的，陸離回來了。

為什麼？

阿七突然心態上輕鬆了些許，一個人面對姬水月這隻狐狸精，他覺得相當疲累。

陸離駕著星軺停在兩人前方高處，拿鼻子看兩人。

伍．
雲霧迷幻陣，山河社稷圖

「我懂了！」他指著古裝女子，「她不是姬水月！」

阿七：「……」

姬水月：「……」

作為一位天之驕子的星君，陸離一回頭就說出這麼爆炸性的指責，果然轟倒了阿七和姬水月！

阿七定了定神，仔細看姬水月，跟他記憶中的九尾金毛狐一般無二，不論是眉眼高低，又或是一顰一笑，沒有任何差錯。他反問陸離：「為什麼說她不是姬水月？」

陸離眉梢一揚，問姬水月：「妳打給我幾通電話？」

姬水月蹙眉，沒回答這問題。

陸離再次追問：「妳在校門口堵我，要約我出去吃飯，我答應了幾次？」

姬水月還是沒回答。

這下換阿七驚疑，問：「我怎麼不知道這些事？」

「你當然不知道，因為我沒說。」陸離哼一聲，「她把我納入未婚夫候選名單中，認為我未成年，堅持先當朋友，多了解彼此。你想想看，我堂堂天上星君，怎麼可能跟凡間女子亂來？所以答案是——我接過她二十一通電話，而且沒一起出去吃過飯。」

阿七苦笑，「這跟她是不是姬水月，有什麼關係？」

「當然有關係！霧中相遇之後，她連看都不看我一眼，也不積極示好，心思全放在你身上，我剛剛才想出這個癥結來，她不是外頭我所知道的姬水月，她是假的！」

「可是……」

「你是當局者迷！」陸離很沒好氣的解釋：「我們從進入雲霧幻陣，就被某個幻術操控了，這個姬水月是你自己的心魔，是你把她創造出來的！」

這就是活生生的振聾發聵啊！

阿七終於知道違和感哪裡來的，難怪這姬水月變回了他記憶中的九尾金毛狐，難怪她輕易能將自己的心事說出，更別說剛才的天打五雷轟，完全是他記憶的投射。

是雲霧幻陣讓這些記憶都實體化的，轉而傷害記憶的擁有者。

阿七立刻原地滿血復活，他推開姬水月，卻沒想到姬水月重逾千斤萬斤，幾乎有一座山那麼重，把他牽制的死死！

「殺死她！」陸離大聲提醒。

伍．
雲霧迷幻陣，山河社稷圖

阿七舉高黑鱗銅皮雙尾叉，就要往姬水月頭顱刺下，姬水月仰頭楚楚可憐，美目盈盈有淚，阿七也不知怎麼著，雙尾叉刺不下去。

陸離見他遲遲不落手，氣壞了，星雲羅布一轉揮，二十八顆星石之力泰山壓頂，這下不管姬水月是什麼東西，一定都會被壓成肉餅。

黑鱗銅皮雙尾叉泛出浩瀚之氣，威光閃爍，星羅雲布被打飛開去。

「我的星羅雲布！」陸離怒氣騰騰，已經破了幾個小洞的法寶，這下洞洞相連，整合成好幾個大洞！

「抱歉。」阿七愧疚的說。

陸離現在真恨不得哪裡來個大雷槌，把阿七的腦袋好好敲一敲醒！

「你這個大笨蛋！你連對假的都存有同情心嗎？」

阿七卻搖頭，前所未有的決烈。

「我的心魔，由我來斬殺。」

鬼事顧問、零柒。亂天。

【第陸章】寧靜草原城，黃金海蜘蛛。

黑鱗銅皮雙尾叉往上拋射到半天高，劍指淩厲無比，雙尾叉於空中化為流光電射而下，卻在即將到達地面時，浮影虛實交錯，氣旋雄渾浩壯，可想而知那雙尾叉的攻擊力有多強。

「同歸於盡?」阿七淡然的問假姬水月。

姬水月驟然放開阿七，快速退到幾公尺之外，雙尾叉靈活在半空中拐了個方向，轟烈死追，塵煙漫漫裡，將姬水月釘透到地。

煙霧散盡，劇變又來，她的柔軟軀體突然像被撕開的紙片般飛散，每一紙片都化成綠色毒蜘蛛，向四面八方奔去，沿途吐出蛛絲，轉眼間廣場上滿布縱橫交錯的蛛絲線網，阿七就立在網中央。

陸離一旁看著忍不住心底暗笑，阿七這就是活該嘛!身陷盤絲洞去了。

某隻蜘蛛瘋了一般帶頭朝阿七奔來，其餘跟著追，幾秒內就衝到阿七腳前，阿七收回雙尾叉，挑起一隻蜘蛛往後甩，穿破珠網後跌入黃金岩漿中，漿面冒出一陣輕煙。

阿七連刺不斷，十幾隻蜘蛛肚破腸流，翻了身子滾到地縫中，其餘蜘蛛努力噴吐帶毒蛛絲，阿七避過了大部分，小部分還是沾上手臂，該處立現青黑。

阿七心一動，想到了什麼。

還來不及深思，蜘蛛團團飛來，黑鱗銅皮雙尾叉掄出九九八十一旋，本以為這一招可將所有蜘蛛都殲滅，但這八十一旋明顯威力不足，中了毒的手臂影響發揮。

「解毒劑！」

半空中陸離提醒，說完就知道失言，他這幾日偶爾都會想到網遊裡頭還未破關的地下城副本，順口就說出了遊戲術語。

阿七身上哪有什麼解毒劑？

卻見蜘蛛有備而來，齊齊吐網，雙尾叉所有的攻擊都被纏住，頭上更是不知何時也織就一層密密麻麻的網。

陸離施援，星羅雲布捲成棍後堅硬如金，他跳下星軺揮棍橫掃，幾隻蜘蛛被打掉到網下，落入黃金熔岩中，看來是死得徹底了。

怪事這時候發生了，那些被打仆街的蜘蛛，包括被阿七拿雙尾叉刺死的那幾隻，居然毫髮無損的從裂縫中爬出，跟新的一樣。

「怎麼會！」陸離不敢相信！

阿七卻迅速釐清思緒，眼見數量毫不見減少的蜘蛛數量，確認了些什麼。

「剛剛你說我是當局者迷？」

「沒錯。」陸離點頭點得很用力。

阿七偶爾也會有給人白眼的時候，「你也是當局者迷。」

「我哪裡迷了？我……」

阿七打斷他，「沒看出來嗎？這裡是天穹榮耀錄裡位於寧靜草原的地下城副本！我幫你練過八十級後，組隊進入，一直沒破關……」

之前經過的階梯、廊道裡奇怪的壁畫、無聲黑侏儒、類似羅馬競技場的廣場，甚至是黃金隱匿海蜘蛛……根本就是寧靜草原地下城的副本重現！

陸離玲瓏剔透，立刻了解其中關鍵。

「我大意了！前幾天因為一直攻不破副本，連作夢都在跟黃金隱匿海蜘蛛對戰……原來……原來……沒錯，連提示音都一模一樣！」

阿七也不敢太嘲笑他，兩人半斤八兩，大哥別笑二哥這樣。

陸離還懊惱，「這也是我的心魔，我玩物喪志！」

這印證了就算是仙人，心識也不可能維持的滴水不漏。

陸離很高貴，必須很快回復正常，既然找到了關鍵點，接下來就是努力破關。

鑒於曾在這一關裡屢敗屢戰，陸離提醒阿七，「別停，繼續打，黃金隱匿海蜘蛛有三條命，承受暴擊一次會昡暈個三秒鐘，然後會繼續衝過來攻擊，必須連打三次才會死透！」

「我中了毒，戰力不夠！」阿七看著自己發黑的手臂。

「這隊裡缺牧師，沒有治療術跟解毒技能！」陸離頓了頓，突然想到，目前這場景既然是跟著自己的心念幻化的，那要變出一個牧師也沒問題。

一拍身下星軺，「你，牧師！」

星軺還搞不清楚狀況，突然間口一張，一道紫光噴往阿七全身，阿七身上的蛛毒就被驅魔聖光治療乾淨了，而星軺覺得自己居然立了功，刨刨蹄子甩甩尾巴，又往陸離嗷嗷叫了幾下，討要誇讚。

「賣萌可恥。」陸離回了四個字。

阿七毒解了，一躍浮空，雙尾叉掄旋擊挑，離他最近的蜘蛛受到連續突刺，身體發出晶瑩剔透的綠光後消失。

陸離見狀，也舉布棍朝飛來的蜘蛛空擊，蜘蛛回到殘破的蛛網後吐蛛絲回擊，他橫移避開，追上去又是兩下擊打，綠光一閃，蜘蛛香消玉殞，什麼也沒留下。

兩星君改變戰術，雙尾叉這裡挑起一隻蜘蛛打給陸離，布棍就像打棒球似的把蜘蛛拍回原處，阿七迎上再擊，蜘蛛立被殲滅。

廣場上啪啪啪聲不絕於耳，蜘蛛被彈來彈去，當所有的蜘蛛都被清乾淨，也幾乎耗掉他們半個小時，就算是星君，此時也都有些疲累了，只有陸離的星軺一身興奮，牠根本不知道，為什麼自己多了個莫名其妙的技能。

「我回去就戒掉天穹榮耀錄，不玩了，再玩我就剁手！」陸離抹抹頭上的汗，氣嘟嘟這樣說。

阿七蹲在搖晃的地塊上頭，心想不太可能，但他很聰明的沒把這吐槽說出口，這時候突然間想來根香菸，摸摸口袋，嘆了口氣，拿了根棒棒糖出來。

「要不要來一根？」他仰頭問陸離。

「不跟你耍幼稚！」後者頓了頓，輕咳一聲後又說：「對了，你聽著……」

阿七啃糖抬眼。

「我還當你是兄弟，兄弟間可不是欠債還債的關係，而該是手足間的扶攜。」陸離正色說道：「沒注意你心中真正的感覺，是我跟破軍的錯，你若真的不想回天上，直說即可，兄弟間沒什麼可隱瞞的。」

阿七喉頭一哽，他只是不想潑他們冷水。

「姬水月會出現在這場幻覺裡，表示你對她念念不忘。既然天庭規矩改不了，你真想跟她在人間結連理，我跟破軍有的是辦法幫你。」

阿七搖頭，「她個性強悍直率，有話會直說，我潛意識裡羨慕她，她說的那些都是我心底真正的想法，所以我讓她出現，替我說出那些不應該出口的話，這跟我喜不喜歡她無關。」

是的，就是如此，他是肉體凡胎修煉上去的仙人，也會累積陰暗負面的想法，但如今他在陸離面前說開心事，突然覺得如釋重負。

陸離沉默看了他一會，點頭，「無論如何，先解決蚩尤這事再說。」

沒錯，等解決了，他就跟破軍商量，看要怎麼好好整頓這該死的、不說實話的阿七！

阿七背後冷風吹了一下。

撇開不安感，阿七小心說：「這不是普通的雲霧幻陣，肯定還有著什麼，就我所知，能讓仙人神識淪陷的法寶並不多。」

「我想到了一個。」陸離表情嚴肅，「山河社稷圖。」

山河社稷圖，原本是女媧娘娘的法寶，曾經賜給二郎神楊戩來收服精通八九元功的白猿精袁洪。這圖有四象變化，有無窮之妙，思山即山，思水即水，想前即前，想後即後，一旦踏入，內心所想所思就會被虛擬成像，然後沉溺其中，再也踏不出來，而施展社稷圖的人就能趁機將敵人打倒。

「很麻煩的法寶。」

「的確麻煩，但也不是無法可想。」陸離眼睛一轉，「這裡是我幻構的世界，寧靜草原地下城副本，根據設定，打死所有的黃金隱匿海蜘蛛後，大 BOSS 會立刻現身。」

「大 BOSS 是什麼來頭？」

「不用說，當然是……」陸離冷笑，「布雲霧幻陣，撒山河社稷圖的那個人！」

話剛說完，上頭傳來提示音：「恭喜勇士解決了黃金隱匿海蜘蛛的肆虐，深淵遺塔的黑暗占領者請求最終對決。」

巨大怪獸從黃金岩漿往上爆出，頭如鵰，額有角，巨嘴利牙，皮膚若鐵甲，水火不侵，刀槍不入，一呼嘯，廣場地面及周圍圓牆都劇烈震動，怪獸的音波就像是來自天外的一記重錘，浮在黃金岩漿上頭的石板地全往上翻飛開來。

阿七把雙尾叉往上拋扔，變回身披黑色鱗甲且長有雙翼的星軺，跟陸離的星軺並肩飛在半空中。

「這到底什麼怪物？」阿七忙問，基本上他沒查過攻略，不知道大BOSS的來頭。

「寧靜草原本來是個相當繁榮的聚落，自從出現會吃人的蠱鵰怪獸後，居民都跑光了，蠱鵰從此占據此處，陷入長達十年的睡眠，打死蜘蛛後會吵醒牠，牠打算把我們吃掉。」陸離解釋副本背景故事。

「水火不侵、刀槍不入，該怎麼打？」

陸離一呆，他也還沒去論壇查那部分的攻略，這下真的恨了，「管他的，是絕招都打下去，看是牠生命值強，還是我們血多！」

蠱鵰低身擺出戰鬥姿態，眼中幽火不定，似乎還沒決定將仇恨值擺誰身上。

「我主你助。」阿七說完，雙手合抱虛圓，聚日月星三光，祭出殺招天火燎，「大帝法地，火帝炎炎！」

巨大火球凝結飄升，浩蕩往蠱鵰打去，天崩地裂響後，蠱鵰被彈飛，往後跌了三、四個跟斗，落地後滑勢停不住，大半個身體落在岩漿裡，只剩個頭跟兩隻前爪子掛在石板邊上。

「中了！」陸離欣喜喊，天火燎威力強大，肯定能耗去蠱鵰一半以上的生命值。

他高興得太早了，蠱鵰迅速拖著厚重身體爬回地面，承受那樣大的攻擊，居然也沒能蹭下牠一點兒皮肉。

阿七眼角抽搐，大叫：「為什麼你的心魔那麼厲害!?」

「我、我哪知道？」陸離就是心虛，突然間說：「用炳曜星焰！」

「炳曜星焰威力過大，貿然在山河社稷圖裡頭使用，也不知會不會造成回彈，反而讓我倆受傷。」

陸離想想也對，但若是不用炳曜星焰，又該拿這銷魂的小蠱鵰兒怎麼辦？

蠱鵰抖抖身體，揮散殘剩火花及岩漿，死死盯緊阿七，天火燎這一招讓牠鎖定主要敵人為阿七，便大踏步朝阿七方向來，每一跨步的距離都在一公尺以上，移動速度飛快，幾下便已欺近。

陸離建議，「火屬性的攻擊對牠傷害不大，但是可以轉移牠的注意力，我改用物理性武器試試看！」

阿七於是再聚火球，同時間陸離將星羅雲布變化完成，抽絲為索，熔二十八顆星石成一柄星錘，重逾千金，尖端鋒銳，末端並貫以長索，靈活多變，可放可收，是高等的索系暗器。

火球轟轟滾滾往蠱鵰打去，但蠱鵰之前已經受過一次攻擊，承受力似乎因此加倍，沒飛出去，只往後滑出幾步，在地面刮出深深的刻痕，還沒站穩就見寒芒眩目，正是星錘連繩如長蛇掠來，一聲清脆擦響，星錘打瞎了牠一隻眼。

「中了！」阿七一握拳。

「糟了！」突然間陸離大叫，「我忘了，BOSS視力損傷百分之五十的話，會開啟聲威狂嚎的大招！」

「那你還朝他眼睛攻擊!?」阿七氣也不是罵也不是。

「就說我忘了！」

果然，太生氣的蠱鵰開始憤怒吼，震得人心膽俱裂。這是一種音波攻擊，肉眼看不見的聲波填滿特定區域內的空域，將空間不斷擠縮，緊接著蠱鵰舉起前爪，猛然朝地面打實，岩漿噴湧，彷彿密閉氣球的空間猛然炸裂。

強烈的衝擊震得兩隻星軺往外飛摔，半空中努力奮翅才沒撞上圍牆，阿七和陸離要不是及時抱緊了星軺脖子，只怕也就掉到了翻騰的岩漿中，兩人身上都是冷汗淋漓。

陸離有些緊張了，額頭、手心及後背都滲出密密汗水，說：「BOSS要暴走了，也不知道臨死前還會施展什麼鬼變態大招，注意些，一鼓作氣推倒牠！」

阿七看在眼裡覺得有些好笑，當陸離在天庭或人世以貪狼星君的身分出現時，高貴冷豔那是不必說了，因為不能丟仙家的臉，但網路遊戲是個特殊的東西，玩家的真實身分都受到隱匿保護，反而能讓陸離的紈褲心性隨意顯露，只是……唉，網路成癮……日後再慢慢矯正吧！

阿七樂觀的想，接著發現蠱鵰果然陷入了狂暴狀態。

目前蠱鵰的仇恨值已經牢牢轉移到陸離身上，牠身上的鐵甲皮肉掀翻開來，形成了四片鋼鐵翅膀，後足用力往陸離方向彈射，血盆大口一張，竟是要連人帶獸一起吞到肚子裡。

這攻擊來得太快，阿七來不及再蓄積一球天火燎，乾脆扭軀倒翻往蠱鵰鐵翅踢去。這一踢足有萬鈞之力，但也只把牠踢得歪了一歪。

這一歪，準頭就失了，陸離的星軺及時空中轉了個彎，可他的左腳卻還是被蠱鵰的利爪扒下一塊肉來，蠱鵰則落入岩漿中。

「嗚！」痛徹心肺，陸離變臉哼了一聲，臨危不亂，流星錘捲柱阿七的腰，將下墜中的阿七拉到自己的星軺上。

「撐得住？」阿七看著那血肉模糊的腳，驚心問。

陸離從流星錘繩上抽出一根絲，唸咒：「地寶天花，星羅雲布！」

絲線立即展開成一塊布，纏裹上模糊翻捲的傷口。

陸離動了動腿腳，說：「撐得住，但要拿牠血肉來償還！」

蠱鵰再次從黃金熔岩中爬出來，牠一眼已廢，只能靠剩餘的右眼來追蹤陸離，好不容易找到那身影，一竄半天高，爪子往陸離壓下，但阿七躍起以肩攔截，兩者硬撞之下各自往反方向倒去，此時陸離忍痛跳上蠱鵰的背。

「雙尾叉給我！」他喊。

阿七跳到陸離的星軺上，卻讓自己的星軺化回雙尾叉後扔過去。陸離接住後往蠱鵰右眼連叉帶刺，穿透眼球直達腦中，腦蹦漿湧，濺得他一頭一臉，他連擦都來不及擦，往上拋扔流星錘，讓阿七接住拉他上去。

兩隻眼睛都瞎了的蠱鵰沒有再釋放出任何大招，只是不斷發出不甘心的吶喊，而隨著腦袋漓糊的程度，牠身體越見暗淡，跌回黃金熔岩海中。

等了一會，不見蟲鵰爬起，耀眼金光從天空照耀下來，深淵遺塔的石柱、石塊紛紛崩落，廣場地面散化如齏粉，黃金熔岩往地心流瀉殆盡，雲霧幻陣破了。

四周景物已變，夜色與山石林木等幾乎融成一體的黑，天上繁星璀璨無比，山中特有的清爽空氣洗面撲鼻，他們人正在槐江山上。

兩人面面相覷，原本以為在雲霧幻陣及山河社稷圖裡耽擱的時間並不久，卻沒想到，山河社稷圖裡的時間密度與人間的實際時間不同，出陣時天都黑了，但是最令他們訝異的，卻是另一件事。

「以為滅了大BOSS，會掉出些黃金級裝備，沒想到爆出的卻是兩個小嘍囉。」

陸離點頭說：「幸好還是把終極BOSS給逼出來了，我們的運氣真好。」

阿七看著十幾公尺之外的一位青銅盔甲無頭騎士，以及深受重傷倒在他身後的兩名天庭叛將，心有戚戚焉。

「希望我們的血條是滿的，紅藍藥水也準備充分。」

無怪乎阿七這麼希望，因為前頭的人是刑天、風伯及雨師。

陸・
寧靜草原城，黃金海蜘蛛

同時間，破軍星君滿身泥土塵汙，活像剛從泥沼中滾了一圈。他手捧一顆大圓石，飛身入南天門，直闖中央元靈宮，面見中央元靈元老天君，也就是黃帝。

「本星君的乾坤日月刀幾乎劈開了常羊山，才找到了這個……」將大圓球放在地上，破軍說：「都已是幾千年的殘骨，這時候挖出來有何用途？」

黃帝負手長嘆，反問：「當年刑天跟蚩尤一樣都是凶悖之魂，我卻為什麼會答應炎帝的請求，不讓刑天入奪谷？」

破軍呵呵一笑，掏了掏耳朵說：「因為元老天君仁慈厚愛，加上炎帝的擔保，所以……」

「歌功頌德的無聊話就別說了，我當時奏請玉帝饒刑天一命，因為刑天的命脈握在我手裡。」

「這石頭？」破軍瞇眼看圓石。

這顆圓石被元老天君藏得極深極祕，要重新挖出，不但必須用上破軍的乾坤日月刀來破山壁、斬盤石，更需要元老天君親寫的釋封符七十二道，方能解開封印，抱出這麼個所謂的——刑天的命脈。

刑天本來不叫刑天，會被稱為刑天，有人說「刑」，就是戮、就是割，「天」則指人的首級，他被黃帝以軒轅劍斬下首級之後，從此而得名；但也有人說，刑天真正的意思是與天為敵，這個天代表的是天命、天運、天庭。

黃帝知道刑天來自一個神能氏族，有超強的再生能力，而這再生能力的中樞就位於頭顱中。常羊山一戰中砍下他的頭顱，就是怕他繼續抗爭，黃帝為此還劈開常羊山，將頭顱藏進去，卻沒想到刑天竟能雙乳作眼、臍為口，打算繼續抗爭到底，直到炎帝出面領回。

說來，黃帝還是長了個心眼的，他故意扣著刑天的頭顱，或許早有防備刑天再次亂天的可能。

「本君敬重他對炎帝的一片忠心，不忍將他趕盡殺絕，也是給炎帝一個面子，扣押頭顱只是防備萬一之策。」黃帝悠悠說：「這幾千年來見他安分守己，本想奏請玉帝，還回頭顱，誰知原來他是養精蓄銳，等著蚩尤復活。」

「打算如何處置這顆頭顱？」破軍問。

黃帝不答，回想常羊山之前那場戰鬥，青銅方盾與長劍飛快斬揮，讓即使斬殺過蚩尤的他也感覺慄凜。一個人之所以能震懾他人，不在於他凌厲的表情、精湛的武藝、過人一等的體魄，而是在於他的氣勢與意志。

明知不可為而為之，就是一種氣魄，而人若不屈，連天都無法奈他何。

元老天君欣賞刑天，但此時此刻，也必須做出抉擇。

也真正是跟炎帝決裂的時刻了。

刑天執戰斧，策骷髏馬，冷冷看著陸離與阿七，在他身後的風伯、雨師卻是受傷不小。

山河社稷圖裡，有虛有實，真真假假，所以陸離會受傷，阿七也中毒；而黑侏儒、黃金隱匿海蜘蛛，甚至是蠱鵰、產生的攻擊力都來自於風伯和雨師，當蠱鵰被殲滅，意味著兩人的生命值也幾乎到了盡頭。

陸離哼一聲，對刑天道：「酆都大殿內你被我重傷，青銅方盾也被天火燎毀損，這時候還來阻擋，無異於螳臂當車，要命的話就滾開，別浪費彼此時間。」

刑天亢烈而笑，青銅戰斧無聲無息劈來，阿七跳下星軺，黑鱗銅皮雙尾叉劃一道騰曳黑光，匡一響火星迸發，兩者同時往後一退。

戰斧倒斫而回，刑天暴進，銅斧與雙尾叉再次硬撞，叉口抵住刀刃，黑夜的山裡激出眩目彩光。如箏音鈴叮、如驟雨滂沱，金屬交擊，氣勢磅礴，一眨眼間你來我往交手四十九招，卻是棋逢敵手難分劣敗。

一道長虹襲來，陸離出手！

流星錘頭由雙尾叉中間穿過，直擊刑天胸口，刑天悶哼一聲踉蹌退後，一手撫心，該處不久前才被陸離以星石之光重傷過，在還未傷癒的情況下又中招，元神立時受損。

「二對一，真是好臉皮。」他譏諷陸離居然偷襲。

陸離那麼高貴，當然能把自己的一切行為合理化，偷襲也偷襲的理所當然，但他不躁進，趁空對阿七使眼色：與其在這裡跟刑天耗，還不如追擊以炎帝、姜無祟為首的一行叛將，別中了刑天的緩兵之計。

阿七會意，跳上陸離的星軺升空。

「你們走不了的！」刑天咬牙陰沉的說。

從地面往上沖天而出一根石柱，勁勢無與倫比，竟剛好擋住起飛中的星軺，星軺空中往右急翻，另一根石柱跟著從地底穿出。

「土石幻柱！」陸離伏身抓緊星軺，對阿七示警。

土石幻柱是幽都人民利用息壤製出的一種地術，炎帝曾與幽都土伯掛勾，刑天因此能得到息壞。

因為息壞迅速增生的特性，這些石柱越長越粗，星軺穿越不得，便換個方向飛，卻又有新一輪石柱圍繞兩人冒出，逼得他們只能高飛，但石柱還是越堆越高，竟要連他們頭上的生路一併擋住。

阿七見頭上空隙越來越小，發狠喊：「衝！」

陸離夾緊坐騎的腹部，讓牠照阿七的意思上衝，星軺卻遲疑，吼哦吼哦叫，牠可能穿不過啊！

「聽阿七的！」陸離低斥星軺，知道阿七會有後招。

果然，就在星軺即將撞壁的千鈞一髮時，阿七打出一記天火燎，「砰！」的一聲巨響，柱塌石飛，碎土滿空四濺。上方石柱頂已然崩塌，星軺載著陸離、阿七穿過滿空四濺的碎土，脫離土石幻柱。

刑天繼續指揮，猙獰石柱一根接一根冒起，就像是巨人不斷由地下伸出的怪手，急躁的要將兩人抓到手心裡。

石柱增生的太快，陸離的星軺一次搭載兩人，飛得左支右絀，根本撐不了多久，而陸離又厭煩了與刑天在這裡消耗，兩星君已經看出來，將他們牽制在此處正是刑天的用意。

陸離手肘往後一頂阿七，「用炳曜星焰！」

阿七一個跟斗跳下星軺，捏星訣唸咒：「天之靈光，地之精光，炳曜垂文，懸諸日月，七殺星君律令，攝！」

天上東方蒼龍七宿，西方白虎七宿，南方朱雀七宿，北方玄武七宿，共二十八顆星宿齊皆閃耀，二十八道光芒射向阿七，於他身上行走三十六小周天，清輝凝聚。

陸離旋身飛躍，半空中喊：「這裡！」

阿七手指揮彈，清輝化為星河，流淌到陸離的流星錘頭上。

這錘頭是天上二十八宿的星石化身，能輕鬆接收這迴湧不絕的星火之力。陸離一落地，手腕輕轉，星錘抖出揮霍縱橫的光流，準確直撲刑天。

刑天戰斧反截暴劈，圓弧幻影變化萬千，似虛似實，是虛是實，團團勁氣向外擠壓，但依舊擋不住流星錘頭，它以切穿狂風暴雨般的勁氣，「噗」一聲砸在刑天身上。

青銅神甲裂開，刑天身上燃起一道銀光火柱，這溫柔的火光熊熊燒灼他的身體、他的靈魂，他發出痛苦又憤怒的嘶鳴，驚愕看著破裂的盔甲，以及被星火燒灼而發紅的身軀，倒了下來。

阿七跑到陸離身邊，問：「成了？」

陸離正要點頭，卻突然一跺腳，因為刑天以戰斧拄地，又站起來了。

「我不會讓你們阻撓主公的計畫。」刑天一字一句咬著牙說。

「你根本冥頑不靈！」陸離怒斥，「無頭還能活，這是開外掛，不道德！」

「冥頑不靈……也罷，我主公受過的委屈……你們不會懂……」

你們不會懂，與黃帝戰後，炎帝忍氣吞聲屈居南方，又眼睜睜看著族裔蚩尤於涿鹿慘敗，首身分離。身為臣子，刑天只好選擇最壯烈的方式，替主公爭個道理。

這是他的忠君之舉，無關對錯，只有護主，一心決烈，百死無悔。

陸離與阿七難以反駁，他們也是各為其主，忠於天庭，必須為玉帝分憂解勞。

「我還能打出一次炳曜星焰。」阿七小聲說，這法術雖然強悍，卻非常耗損真元。

「用力點！」陸離再度做好準備，事實上接收星焰同樣也會損傷他的靈力，更別說他在山河社稷圖裡傷了腳，此刻疼痛鑽心，卻也只能硬撐。

阿七捏星訣，唸咒。

突然間刑天頸脖上的空頭盔甲裂了開來，好像被一把無形的劍從中劈斬，淒厲的淒吼如鬼哭神號，挺立的身軀不停的抽搐，那代表他苦澀又不甘的情緒。

「你也太用力了吧？」陸離喃喃說。

「不是我……」阿七一頭霧水，他咒語都還沒唸完呢。

拄地的青銅戰斧驀然高舉，指著天，咆哮聲震響行雲，刑天朝上發出撕心裂肺的怒吼。

「軒轅……你竟然！」

陸離、阿七面面相覷，完全不知道發生了什麼事。

很快的，握著戰斧的手垂了下來，刑天一動也不動，青銅盔甲雖然殘破，卻依然支撐著他的身體，屹立不搖。

身雖死，魂雖散，猛志固常在。

鬼事顧問、零柒。亂天。

【第柒章】魂夢忠臣歸，自戕激熱血。

炎帝打了個盹後驚醒，卻見自己仍在七香車上，一片桃香清氣。

「做了惡夢？」姜無祟問他。

炎帝沉默了一會兒，說：「他魂魄託夢而來，說雨師、風伯重傷，已經被帶回南天門問罪。」

既然說是魂魄託夢，姜無祟已經知道刑天的下場。

「殺死他的是貪狼、七殺？」

「不。」炎帝望天上一眼，「原來還留有這一手……他早就知道刑天的頭顱裡藏著命魂，軒轅劍劈開了他的頭，魂飛魄散……」

「軒轅劍……」姜無祟表情陰鷙，「不親手殺了他，我心難安。」

炎帝點點頭，他也一樣。

「你們說的……到底是誰？」張聿修在一旁艱澀的問。

炎帝冷瞥了他一眼，「我與他結為兄弟盟邦，是天下各個小部落的楷模，各據神洲中央與東方之地，但因為勢力空間的擴展，發生衝突，他統帥了十萬神兵、十萬人眾、十萬鬼卒，殺得我退至極南偏僻之地。」

柒．
魂夢忠臣歸，自狀激熱血

張聿修遲疑了一下，「黃帝軒轅氏？」

炎帝譏諷的說：「儘管被後世譽為聖明神武，他其實也就是一位貪婪喜功的人，所謂的兄弟、朋友，碰上了利益衝突，你是該退、還是爭？」

張聿修考慮了一會兒，最後選擇沉默。他只是個高中生，回答不來那麼複雜的問題，就算現在回答了什麼，十年後長了其他見識，也可能會有不同的想法。

天剛破曉，車與人俱在層疊山巒之中，漸漸的，東方金陽冉冉升起，映得崑崙山頂金碧輝煌，姜無祟背靠桃木車廂架，遙望窗外，七香車正朝著崑崙山頂前進。

傳說中的崑崙山是天地的根紐，其上有天柱，上通天之紫微垣，是升天必經之路，而那聳峙於一萬一千里以上的九重崑崙城，有弱水之淵包圍，有炎火之山環繞，開明獸日夜巡邏都城大門，任何人不得隨意靠近。

姜無祟隨意瞥了瞥景色，改而盯緊著車上的司南，分一些意識控制七香車。這七香車不愧是上古法寶，行路若飛，山道雖蜿蜒崎嶇，車內三人居然完全感覺不到顛簸。

後頭饕餮與八十一位巨人安靜跟隨。在經過數個時辰前與土螻、欽原等妖獸一戰之後，部分巨人已經受傷，加上日夜兼程趕路，腳步有些遲滯，但考慮到天庭已經生出警覺，眾人都不敢耽擱。

終於到達山頂，但眼前景象卻是出乎眾人的意料之外。

原本號稱有平地三萬六千里的真宮仙靈之所，如今竟只殘留土丘沙石，自地面聳突出來的城牆傾圮殘破，若非炎帝曾經目睹崑崙城的耀睛奪目，此刻他肯定以為那些倒塌的宮室全是山頂的丘石。

姜無祟也聽聞過崑崙城的輝煌，忍不住問：「為什麼會如此？」

「因為絕地天通。」炎帝說：「你被斬首之後，九黎族人繼承你的意志，要登天擾亂，軒轅氏後裔顓頊乾脆埋崑崙宮於天胎磁藏穴，阻絕登天的道路。」

「這麼說來，找到天胎磁藏穴，崑崙宮就會再現？」

炎帝低笑，「軒轅氏壟斷登天之路，獨占祭天及代傳天意的權利，利用獨家的神權，好鞏固統治者的既得地位，有效控制天下人的思想，卻美其名為人神互不相擾……」

「的確是軒轅氏擅長玩弄的把戲。」姜無祟不屑的說。

取司南跳下七香車，命巨人們警戒四周，但見山頂如荒漠，彷彿此地從不曾存在過任何神靈或聖獸，死寂的氣氛令人窒息。

騙天下。

「原來，這一切都是表象。」姜無崇又說了一句，他看出這種沉寂是刻意被營造的，用來欺騙天下。

他謹慎踩踏每一步，手中的司南磁針於水中晃動著，隨著他的每一動作微調著方向。

突然間磁針動作劇烈起來，忽左忽右沒個定向，似乎受到了干擾，他改而小範圍踱步，見磁針一下晃動一下靜默，四、五回之後沉入水中，又慢慢斜浮出水，針尖朝著天空的北方。

也沒露出多大驚喜，他朝圍繞周遭的八十一位巨人打了個手勢，此舉無異是給現場所有人打了個強心針，這昭示著他已經找到了天胎磁藏穴裡頭的穴眼。

穴眼，是整個陣法裡的中樞位置，支撐著所有陣中能量的平衡，維持陣法的運行。要破天胎磁藏穴，就得從穴眼下手不可。

炎帝拽著張聿修跳下七香車。張聿修猜到他們已經找到了所謂的天胎磁藏穴，但眼中所及盡是荒涼的山頂。

「什麼都沒有。」他喃喃的說。

炎帝聽見了他的話，開口解釋：「天胎磁藏穴是隱穴，需要擺陣引天磁，被埋藏的東西才能浮現。」

張聿修頭一次聽聞有這種隱穴，今天或許會見識到相當了不得的東西，但是他也沒忘記，姜無祟說過他有巫覡體質，是開啟絕地天通的鑰匙，這讓他一直處於隱隱的不安之中。

姜無祟是否已經打算了要他死？

他不禁又想，若是自己真死了，某一天，當姜無祟變回姜姜時，會不會因為害死朋友而哀痛不已？

這問題的答案，大概得等到自己死後才會知道。

山頂之上山風凜冽，讓他傷春悲秋的情緒變得渺小。

而姜無祟已經開始動作了，將司南放置於地上，身上暗金盔甲活彩流動，那盔甲是由他的不化骨所煉成，戟氣逼人，能隨意志化成五兵。而五兵，指的自然不只是五種兵器，而是各種武器的泛稱。

只要他想，他便能擁有各種武器，後人稱他為「兵主」，並不只是空泛的溢美之辭。

活化金屬就像是水銀一般，在他身上隨意流轉，背脊一繃，危險破殼而出，六片鐵甲金翅於肩胛骨處化生，轟轟殺氣蘊含巨大恐怖。

姜無祟劍指揮東、西、南、北，大喝：「左青龍右白虎，前朱雀後勾陳，坐管千里虛空內，立現崑崙天磁穴！」

姜無祟背上的金翅強勁脫出，衝力夾著煙塵飛騰，一時間竟連天都被遮掩，而金翅的形狀越變越怪，如朝空抓攫的猙獰巨爪，化成無以數計的劍戟戈矛往下倒插，將磁針包圍在其中。此時，地殼東搖西擺，就像地要塌了一般。

磁針燦耀與劍戟戈矛發出的光芒澄金耀亮，射向四方，連東方天際的朝陽都變得黯然失色。熔熔光芒讓張聿修幾乎都睜不開眼，他也不敢睜眼，知道這樣的亮度能輕易讓普通人眼盲，立刻跳回七香車上躲避。但即使以手臂遮了眼睛，他仍能感覺強大的熾熱正燒灼著身體，崑崙頂上，某種驚天動地的變化正在發生。

姜無祟腳底下的土質不斷扭曲擠壓，有個吸力極強的大漩渦，使盡全力要將這地殼吸入地心，轟隆隆響聲不斷，就像要崩山一樣。

沒人打算離開，他們走了長遠的路才來到此處。

強光驟失，土石塵於穴中快速轉動，發出嗡嗡嗡的擠擦聲，地層被翻攪、掀裂，煙層一圈圈迴轉而上，巨人們即使身軀厚重龐大，都必須遠離震央攀著外圍山石，方能勉強維持不倒。

張聿修身在七香車內，身受七香車保護，不至於那麼狼狽。這時候發覺外頭已經降溫，光芒消失，往外瞧，見炎帝正專心看著姜無祟施法，沒有顧及到這裡，是個逃跑的好機會，張聿修動了心念。

可才剛抬腳，卻又止住。

他想，如果自己就這麼離開，姜無祟就只有兩個結局可選，一是真的上了天，完成他的心願，二是毫無殘念的將自己徹底毀滅。

如果自己不離開，憑藉與他的交情，或者姜無祟能回到姜姜的狀態。

這是一個關乎生或死的問題，張聿修留下來，有九成以上的機率會死，但若是就此離開，姜無祟連百分之一回頭的機會也沒有。

他內心很是動搖。

同樣動搖的還有天胎磁藏穴。有門樓分呈環狀轟隆冒起，石材雕刻古樸無華，門頂裝飾虎頭，門與門之間圍繞玉石欄杆，正是崑崙城九道門樓。

炎帝覺得不對勁，他曾經在崑崙城仍舊輝煌的時刻拜訪過，九座城門口有九頭開明獸，日夜蹲踞門口守衛崑崙，遙望城外八荒九垓，門樓上的虎頭依稀就有當年開明獸的模樣，表情肅穆瞪眼怒視，但為何虎頭卻是位在門內這一側？

九顆虎頭在高高的門樓上睥睨向下，虎眼的方向，很明顯全聚焦於位在城門環繞中心點上的姜無祟——

「小心！」炎帝突然示警。

十八道威懾百靈的怒電之視自虎眼射出，九門裡霹靂金刃鏡射交織，從四面八方將姜無祟裹住，讓他逃無可逃、退無可退。

「姜姜！」張聿修慌張大喊，正要施出雷厲光，卻被炎帝擋下。

「他不是姜姜，他是姜無祟。」炎帝提醒，言下之意，擁有蚩尤之力的姜無祟，不可能輕易就被打垮。

即使炎帝這麼說，張聿修依舊一顆心提到了嗓子口，緊張得很。

金光散盡，姜無祟將自己裹在金屬翅膀之中，燦亮的翅膀上有些許焦煙，接著翅膀稍稍伸展，裡頭人有些許惱怒。

「讓開明獸跟城門合為一體，讓我失去戒心，果然是軒轅氏會幹出的陰險事。」

「嘿，又來了！」張聿修搶先炎帝一步警告。

果然虎目精光又閃，姜無祟猛然大旋身，暗金手甲迅即化成兩面方盾，盾影翅影連成一片，成滴水不漏的防護網。他凌空飛上，在半空中激迴如風車，竟將虎獸的暴擊彈擋了回去。門樓被反擊得多處產生裂痕，虎頭厲嘯連連，攻擊的更加綿密。姜無祟有些不耐煩，他還等著叫出天柱呢。他看準了正東方那座門樓，凝射而去，方盾凝成狼牙錘，一錘之力破萬鈞，石破天驚，正東方城門倒塌，姜無祟再砸一球，虎頭粉身碎骨。

正要對付其他八道門，後頭巨人們大喊：「讓我們來！」

八十一位族兄弟早已經衝了來，每幾個人圍繞一道門，他們各個銅軀鐵骨，每個人可比是一台打樁碎石機，輪流往門樓上撞去，石柱崩塌，墩石坍落，虎眼就算凌厲如電，最終也被巨人凌遲輾碎。

炎帝一手捧玉琮，一手揪著張聿修過來。

「要現天柱，必須祭天。」炎帝一把將張聿修扔到了姜無祟腳前，「他的巫覡靈體能與天起感應，配合上這件祭地的玉琮，必能呼喚出天柱。」

這玉琮自九黎族傳下，上刻戰神蚩尤的圖案，是祭祀的神器。炎帝獲得後藏到姜村的墓穴裡，後被姜憐盜走、被鍾流水追回，但最後終究回到姜無祟手中。

內圓外方的玉琮，代表著天圓地方，禮地的祭器將會喚醒沉睡地底的力量，從而回到天上，只不過，這其中需要某種媒介物。根據炎帝所言，這指的就是張聿修。

「究竟……」張聿修不問炎帝，卻是質問姜無崇，「想怎麼對付我？」

姜無崇倒也沒逃避這問題，「需要你的靈魂，你的血。」

張聿修擁有巫覡的體質，血液能與天地感應，靈魂能讓天地動容，在古代這樣的人自然而然主掌與天地交通的職責，但是要讓天柱顯現，需要的可不只是一滴、兩滴鮮血，而是很多很多，多到足以要人命。

簡單來說，就是人命關天，不以生命為燔祭，不足以感地動天。

炎帝將玉琮置放地面，唸咒，「天欻火野，日爍金光！」

一條小火龍自他手中凝聚而生，火焰沸湧澈照，竟如血染的太陽一般，這是裂山石室火龍後裔炎帝的祕技「天欻火」。此術純陽純烈，比三昧真火更勝一籌。

火龍曳尾蟠玉琮，瞬間將它給融了，地面鋪上一層暖暖的火焰，但奇怪的是，這火焰並不灼人，反倒像是一片溫暖的海洋，這是一種類似傳輸陣的東西，接下來必須以巫覡的鮮血為引，溝通天地。

姜無崇手中的狼牙棒變形成為一把長劍，寒光冷森森，刺著張聿修的肌膚，提醒他死亡近在眼前。

「快些。」炎帝指著天邊突然間昏暗的天色，淡淡提醒，「天兵天將已發，耽擱不得了。」

姜無祟點頭，冷冷看著坐在地上的人，舉起長劍——

張聿修整張臉都白了，他畢竟是個人，人都貪生怕死，這時候他又後悔起來，剛才有機會逃跑又為何不逃跑？全世界七十億人口，為什麼他偏又跟姜無祟成為同班同學？明明沒有交集的兩人，卻又因為他中了邱芊雨的情蠱，拜託鍾流水來救治，終於導致如今的結局……

難道他出生在這世界上，就為了迎接這早夭的結局？

不對，他想，剛才不逃，因為鍾先生說過，這一切都是冥冥注定。

萬事因緣生，萬事因緣滅。

自古誰無死？

突然間心就開闊了，就算現在被姜無祟殺死，那就是上天注定，他應該坦然接受一切。人死了，也就是落入一次輪迴，他終究會回來。

突然間，他喊一聲：「姜姜！」

姜無祟頓了頓，卻是嘴角一抹勾笑，「別耍心機，這不是無聊的兄弟情義戲。」

「不是演戲，你是我的朋友，是姜姜。」他說：「天穹榮耀錄裡，我的帳號密碼你都知道，寶物箱裡的寶物跟金幣都留給你，別浪費了，記得去買套更好的裝備，升級用得著。」

「改演溫馨戲？別做無聊事。」

寒芒猝映，長劍斬下，張聿修反射性的閉上了眼睛——這很正常，任何人遇到同樣的情況，很少會睜著眼睛看兵器如何切割自己——他聽到了刀刃切掠風面的聲音……

匡一聲，預想中的劇痛並未襲身，張聿修驚訝睜眼，卻見長劍砍在了他身旁，一半劍刃直入地面。

就連姜無祟自己都臉現驚奇。

一旁炎帝問姜無祟：「你心軟了？」

「不。」姜無祟斂容，抽回戰斧，「我沒心軟。」

只是偏了一下手。

他不想節外生枝，長劍再揮。

此時，張聿修卻突然間變了主意，不打算坐以待斃，往旁翻滾躲開，但卻快不過姜無祟。姜無祟一腳將張聿修踢得躺平在地，長劍狠斬，吭一聲，劍刃的確劈開了東西，卻是張聿修頭旁邊的一塊硬石。

也不等炎帝發問，姜無祟再度驚愣，他兩次明明都看準了張聿修的脖頸要砍，但是不知為何，那手總會偏了方向，好像有誰擊了他的肘。

他自語：「怎麼回事？」

就連張聿修也覺得奇怪，這並不科學。

炎帝逼近姜無祟，表情溫和，話裡卻是咄咄逼人。

「因為你還不是真正的蚩尤，你的心仍被過去十六年間的習性左右著，你一直認為這小子……」他指著地上的張聿修，「是意義極深的朋友，你放過他，就像你故意不殺死桃花仙一樣！」

「不是。」姜無祟否認，「可笑！」

「不管是不是，不管可不可笑，我們已經沒有了時間。」炎帝眼神黯了下來，「他們到了。」

姜無祟仰望天空，見數萬旗旌遮日月，雷鳴閃電漫天潑落，滾滾濃雲逐漸遮蓋而來，是天庭撥下的天兵天將正往此地靠近中！

柒・魂夢忠臣歸，自戕激熱血

八十一名巨人摩拳擦掌團聚過來，他們哄哄鼓譟，要姜無崇迅速呼喚天柱。

「莫要功虧一簣，立刻殺了這小子！」幾個親信巨人趨前提醒，他們知道，一切已經水到渠成，就差最後一步。

更有無數雙忠誠而憤懣的眼睛將他圍繞，那是一種催促，催促著他千萬別忘記從前那種滔天的恨與不滿。

姜無崇當然不會忘記那種根深蒂固的恨，但他卻依舊遲疑了一下。

炎帝看見了他的遲疑，乾脆一把搶過劍，看準張聿修的脖子，燦燦亮光在昏暗裡閃爍，揮下——

「匡噹」一響，劍刃被姜無崇的手甲截下，而手甲卻微微發著抖。姜無崇一臉的不可置信，他竟然阻擋了炎帝。

「你！」炎帝惱怒。

「不行！」姜無崇大吼，他無法欺騙自己了！他殺不死張聿修，就像他無法下手殺了身後那八十一位族兄弟，也同樣無法殺了炎帝，還有他這世的親人鍾流水。

他不只是蚩尤，是姜無崇，同時也是姜姜，三種身分融為一體，這就是現在的他！

炎帝垂手，或者，他早已預知這樣的結果。

當初鍾灼華拚了命要帶姜無祟離開，就是為了讓他多一些人世間的羈絆，藉著人與人之間的情分來耗去他的憤戾，她辦到了。

人情義理你牽我扯，錯綜複雜，成大千世界。

但，也不是無法可解。

遙望敵軍，炎帝淡漠的說：「血緣是種最殘忍的聯繫，所以桃花仙輕易讓你違了初衷；那如果是我呢？」

「你是我的主公，我的父親，我也不可能殺了你。」姜無祟低聲道。

「你的前世是我族裔，今生又是我的親骨肉，你與我的羈絆比你的母親、你的舅舅、你的友人還要深，他們能阻擋你做許多事，我卻能激勵你繼續走下去。」

「你想做什麼？」姜無祟似乎聽出了他的言外之意，臉色大變。

橫揮劍身，人頭落地，熱血往天空灑濺而去，形成一道美麗的拋物弧線，又淹滿在地面那溫暖的火海裡。

那顆頭屬於炎帝，他以姜無祟的兵器自戕，奉獻自己的靈魂與血液。擁有古代巫王身分的

柒・
魂夢忠臣歸，自狀激熱血

他，同樣也是祭天及召喚天柱現身的最佳人選。

崑崙頂上所有人都呆了，包括張聿修。這事情變化的太快，沒有任何一人，包括姜無崇，能阻擋炎帝的動作，他們只看到熱血如潑墨，以及那死不瞑目的頭顱於地上翻滾。

姜無崇奔過去抱住那顆頭顱，狂嘯震地雷鳴，秋殺之意足以搖天撼地，那是能傷斫天地一切正氣的殘殺氣息！

這樣的狂嘯揚起了劇烈的氣浪，狂風怒號，巨人們紛紛壓低身體單膝跪地，對炎帝的死哀敬。而張聿修卻是眼前發黑滾倒在地，這聲浪的狂潮讓他耳朵幾乎震聾，甚至失去了意識。

姜無崇面無表情，當激憤、悲愴、憤恨到了頂點，反倒趨於沉寂。

炎帝用了最震撼的手段，逼他正視過去所有經歷過的事，那段被桎梏雙手雙足，迢迢走過千里，斬首後，一腔熱血化為紅氣沖天的那種恨。

剛才還猶豫不決的眼，此刻布滿一片血，他的人性泯滅了，他是人間的戰神，他是蚩尤，他是姜無崇！

「夠了！」他說，將懷中頭顱拋入火海中，與炎帝的身體一起焚焚燃燒，轉眼間化成灰燼。

姜無崇看著這一切，卻又像是什麼都沒看著，他眼裡閃過數千年的虛影，真真假假，明明滅滅，似有若無。

他是兵主，他要搖撼太一，震破蒼穹！

崑崙頂再度劇烈搖晃，亭台樓閣轟隆冒出，說不盡的碧玉之堂、瓊華之室、紫翠丹房，鳳鳥、鸞鳥從城樓中鼓翮高飛而出；長滿珍珠、五彩玉的琅玕樹、文玉樹，流著清芬甘美的醴泉，玉石欄杆圍成的城，九井圍繞，如此的氣魄宏華，神聖莊嚴的崑崙城景象，重現人間。

「出來，崑崙城！」

姜無祟對這崑崙城卻是不屑一顧，卻是大喝：「天、柱、現！」

應合著他的要求，才剛重見天日的崑崙城發出奇異的嗡鳴，鳳鸞神鳥因此驚飛而去，醴泉瞬間乾涸，有什麼東西正一波波自山底要一擁而上。

是龍！

鬼事顧問、零柒。亂天。

【第捌章】龍脈回奔，天柱光現。

貪狼、七殺兩星君騎跨星軺往崑崙山飛去，突然間飄風自地面往上暴衝，弄得兩頭星軺飛都飛不穩，分朝兩邊滾了去，差一點兒把背上兩星君從幾千尺的高空摔下去。

當然，星君若是隨便就會被摔，也就太孬了。兩人穩住星軺後往下查看，想知道為什麼會突然出現那麼奇怪的大風？

底下是連綿不絕的山脈，但透過星君的星識，能很清楚的辨識出地脈下的靈氣發生異動，如萬馬奔騰、如巨浪滔滔，從大海處源源不絕倒退回崑崙頂，就像崑崙山上裝了個大吸塵器，將散出去的地氣吸回去。

兩人對望一眼，心中想的都是：糟了！

崑崙山是龍脈源頭，龍脈就是有靈氣的地脈，吞日月精華、天地靈氣，化身為龍，從崑崙山向東南方、北方、中部、南方各自延伸而出，由密密麻麻的大脈再分支為小脈，涵養天下水土，庇蔭地靈人傑。

也就是說，地脈的龍氣一直是由崑崙山往外分出去的，但如今地氣往回倒走，竟是要逆向回到崑崙頂。

潛龍奔騰，氣脈逆流，龍脈歸祖，對風水帶來的影響巨大非常，各地將會產生異象，人心惶惶。

「數千年來這種情況只發生過一次，就是黃帝登天的那時候，如今重現，只怕……」阿七憂心忡忡的說。

「截主脈，快！」陸離急呼，跟著就要衝下去，依他的想法就是可以瞬間凝聚自身的靈氣，成一面大盾擋在前頭。

阿七緊急攔截在陸離前頭，陸離忙勒住自家星軺。

「嘿，要是咱們的兩頭星軺相撞，肯定會被破軍笑，說這是天上有始以來最蠢的雲端交通事故！」

阿七揉揉額頭，冷靜說：「我只是要提醒，光憑我們倆結成的星盾，只能擋片刻，要一勞永逸，還必須找到破軍會合。」

陸離往上發了三枚星晞，破軍只要見到信號，就能過來會合，卻見天邊處兵馬集結而來，果然是崑崙頂上真的出事了。

從崑崙山往四面八方延伸出去的山脈靈氣，此刻洶湧回翻，群峰上龍氣起浮轉折，若馳馬若怒波，百川匯聚撞出轟鳴，跟著便強勁上漲，頂上輝煌的巍峨城池，籠罩上七彩斑斕的光。

陸離及阿七遠遠就看見站在城池中央的姜無崇，火焰中吞吐閃爍，血眼睥睨，金甲威臨，一夫當關，萬夫莫敵。

「天柱要起，不截也得截，拚了！」陸離眼見就要來不及了，大吼。

阿七也知道這是沒辦法中的辦法，立施炳曜星焰，「天之靈光，地之精光，炳曜錘文，懸諸日月，七殺星君律令，攝！」

陸離揮甩流星錘，以二十八宿之能轉化阿七的星火之力，光流飛曳若虹帶，直撲崑崙城，烈焰密密將城池覆罩，崑崙城池受了一記炳曜星焰，一座宮院塌下了，但卻無損山裡龍氣的聚集。

當崑崙城吸納程度達到飽合，一道光柱自城中橫空暴起，仔細看，那光柱竟是百條千條發光的龍影虯捲成一團所造成的，一條接著一條，破開蒼天濃雲，雲後是靛藍色的透明星空，北斗魁杓七宿明亮，直直射向紫微垣。

城中，姜無崇偏了偏頭往上看，頭冑下一雙眼沉沉，就像地獄來的紅風沙，裡頭有萬鬼在猙獰。

沒有人、沒有神擋得了他。

捌・
龍脈回奔，天柱光現

「都上！」姜無崇低沉的吩咐所有巨人們，他的戰將。

巨人們一個個抓住往上騰飛的光龍，就像乘風破浪的船，擺脫地心引力的宿命，逆天而起，齊往天極航去！

一直無用武之地的饕餮同樣跳跳竄竄，恨不得跟著眾人也攀上天柱去。

「你跟我同上。」姜無崇冷冷吩咐饕餮。

饕餮喔嗚幾聲，乖乖跟在姜無崇身邊，牠是姜無崇的一部分，自然以姜無崇為馬首是瞻。

姜無崇緩緩的，如腳上提了萬鈞重物一般前行，但他腳步越來越快，身上厚實的暗金盔甲完全滯礙不了動作，輕盈躍上饕餮。

饕餮正要騰身而起就被阻攔下來。

「有蟲子來煩擾，你跟我斷後。」背上的人這麼說，掉轉獸頭。

黑暗雲端綿延至崑崙城上，天兵天將已經抵達。

天上戰神九天玄女身著九色彩翠綃衣，頭綰九龍飛鳳髻，手擎白玉珪璋，受玉帝欽點為帥，領火光、浮海、吼風大將，點檢天兵天將百千萬，浩浩蕩蕩臨來，另有五雷神將三十六部手執楔、椎、金鼓，霹靂沖天震撼天地雙界。

玄女與姜無祟是仇人相見分外眼紅，她正氣凜然赫赫問道：「亂臣逆子不順天時，強欲與爭，吾必代天行道，搜捉邪魔，除妖與怪！」

「幽都裡逃如喪家之犬的人，是妳。」姜無祟血眼凝望，「我樂意再一次碎妳的屍體、揚妳的骨灰……」

「大膽！」火光、浮海、吼風三員大將立即凶惡上前斥喝，蚩尤居然這樣直接恐嚇九天玄女。

玄女鳳眼凌厲，「汝雖擁有克制玄女符之方，但今日五雷神將三十六部皆到齊，天打五雷轟，誅擾世邪魔！」

稍早原來三十六部雷將被撥了一半去桃花院落守護鍾小妹，但後來玉帝親調人馬，知道如今唯有專職懲戒邪魔歪道的天打五雷轟能與姜無祟分庭抗禮，立即召回所有雷將，改派六甲六丁去田淵市。

「天打五雷轟從沒殺死過我一次。」姜無祟斜眼上瞧，「雷部該換一批人了。」

這話對雷部而言相當刺耳，姜無祟六歲時，他們沒能順利將人劈死，數月前又讓他苟活一

捌．
龍脈回奔，天柱光現

命，簡直讓他們太失面子了。

哪裡跌倒就在哪裡爬起來，雷部打算今日要一雪前恥！

三十六雷神分為天、地、人三類，每類十二名，神宵雷公為其中之首，此刻大聲斥喝：「叛逆小兒！當日若非桃花仙保汝護汝，汝早已焦首爛額，今日無論如何，必將汝就地正法！」

雷神說得中氣十足，但也知道能破解玄女符的姜無崇一定也有特殊法門來對抗天打五雷轟，因此一出手就是壓箱底的法寶。

天雷部裡每一人各祭出一張天元雷祕符，這祕符平日就在雷光之中蘊養，吸收雷罡靈力，每一張都能化成一條雷鞭，妖精邪魔碰上必死，大羅金仙遇上也都會被打掉五百年的道行。

十二張天元雷祕符懸浮在姜無崇之上，姜無崇的所有戰將幾乎都能感受到頭髮豎起，臉面發麻的感覺，充盈的雷氣讓他們覺得自己像在頂著天，連喘氣的動作都變得艱難。

一眨眼，金光霹靂朝姜無崇炸了下來。

姜無崇扭轉半身，金翅猛烈伸長凌空，揮翅的聲波影響雷光的行進。一般的天兵天將大概都未看出來，但天雷十二公倒是有些發怵，他們的雷矢因著姜無崇發出的聲煞竟然偏移了方向，所有的雷都落在他周身三尺之外。

九天玄女也聽出那是姜無崇弄的聲煞，她倒也不慌張，珪璋幻化夔龍鼓與錘，要以鼓錘之力來鎮壓，鼓聲一震五百里，咚雷震震動山雲，巨人亂亂紛紛，幾乎站不穩，天兵天將趁此機會降下雲頭來轟殺。

巨人們知道戰爭開始，回頭就要跟天兵天將對抗，姜無崇卻掐算著天柱的時效性，一步踏出，卻是低斥。

「走！」

聽到姜無崇沉靜有力的提醒，巨人戰將想起他們真正的目的，趕緊抓著不斷往上遊走的光龍，升天才是當務之急。

天雷十二公做出了前哨戰，地雷十二公跟著丟出地元雷祕符，十二張祕符將之前的天元雷祕符包圍起來，成了大小兩個圓。

每一個圓就是一個陣法，兩個圓二十四張祕符如今組合成一個小雷霆陣，威力比單獨兩個陣還要大，但見雷光濯濯，雷芒吞吐，小雷霆陣裡射出九千九百九十九道雷光，密密麻麻毫無間隙，就是要姜無崇逃無可逃、退無可退。

姜無崇面無表情，金屬翅膀橫捲風暴，飛沙走礫，暴風咆哮，狂風肆虐，厚重濃霧與流沙在空中來回捲動。崑崙頂上一片昏暗，所有天兵天將都被這沙塵暴迷瞎了眼，分不清如今是白天還是黑夜，而尖銳的風聲更是不斷鑽入耳膜，就好像那些風沙都鑽入了他們的身體裡，讓他們完全動彈不得。

這是煞風捲殘雲，姜無崇鼓動身上的煞氣成大大小小的漩渦，凌厲無比，天兵天將感覺身上刺痛不已，靈敏些的已經發覺身上的盔甲早被無形利刃刮出一道道的傷痕，更別說是他們的軀體，有些靠近些的竟在不知不覺中就已經鮮血淋漓。

九天玄女也察覺到了，擊鼓示意退後到風沙的範圍之外，看來狼狽得很，雷將們卻是老神在在，他們的大殺招還沒布置完全。

人雷十二公跟著拋出十二張人元雷祕符，飄浮在地元雷祕符之外，圓中套圓，三十六張祕符將雷霆陣的陣勢完全排了開來，進攻和防守兼具的大雷霆海陣完成！

「好雷陣。」姜無崇意外的停了一停，回以冷笑。

「正要豎子嚐嚐這天地正氣！」神宵雷公凜然答。

大雷霆海陣凝聚天地間至純的雷氣精華，藍紫雷光不斷翻湧，雷暴悶響不斷，雷火更是洶湧翻騰，那些是天地間的浩瀚之威，輕易不得現身人世，一旦使出，只怕連崑崙山都會被夷為平地。

熾熱的紫藍色雷光不斷鞭裂天空，繼往風沙塵暴中暴射，雖然無法確定姜無崇的位置，但不斷發射的雷矢電矛的密度就跟傾盆大雨差不多，姜無崇跟他的八十一位巨人就算鑽到土裡都躲不掉。

寒光不斷暴閃，幾千枝金屬羽毛從姜無崇肩背上飛出，那些羽毛全由蚩尤齒所化，每一片都輕巧的要命，大雷霆海陣射出的雷光全都被那些金屬羽毛攔截下來，被鏡子反射般的繞了彎，改朝空中其他方向打過去。

最倒楣的還是九天玄女率領的那些天兵天將，轉折過的雷光有一半落到了他們的陣營裡，傷兵數量立刻增加了三分之一；另一半雷光則隆隆有力的回到三十六部雷將所在的雲端。

雷將們知道這雷有多厲害，立刻回防，雷爆聲此起彼落，天空豔豔亮亮，呈一片紫藍色的奇幻幽光。

姜無崇從狂風殘霧中現身，身後光柱形成一條人間連到天上的銀河，巨人們抓緊龍鬚龍鱗，壓伏身子往北極星方向飛去。

九天玄女召喚火光將軍領百萬兵將，急如星火追去。

捌．
龍脈回奔，天柱光現

火光將軍當先追上，火瓢往光柱澆灌千杓萬杓火石。

天柱全是光龍的靈氣聚化，遇到火石，立刻冒起騰騰滾滾的水蒸氣，運氣不好的十幾名巨人被這高溫一逼，連喊叫都來不及喊叫，身體就像被無形的手擰得扭曲，融化在光龍的上頭，像是龍身上頭不小心沾附的汙點。

火光將軍旗開得勝，身後士兵正要拍手歡呼，卻沒想到那些融化在光柱上的巨人戰將們竟又緩緩起身，充氣般的恢復了正常，繼續前仆後繼抓著光龍朝前飛奔。

「息壤！」九天玄女認出那東西。

暗火一簇閃於姜無崇眼底，他對饕餮發命令：「我們也走。」

饕餮恨不得有表現的機會，牠除了有戰鬥及吃人的本事，腳程可也快得不得了，比起白澤不遑多讓，立刻撒開蹄子，奔跑在龍與龍連接的光柱上頭。

見火光將軍還要繼續出火瓢，姜無崇身旋，背後飛出幾把飛劍，推出一圈又一圈肉眼可見的漣漪。火光將軍雖然皮粗肉厚，卻被劍鳴弄得氣血翻湧，五臟六腑推得移了位，眼前一黑，居然掉下了坐騎。

一道紫光及時把將軍托住，緩緩送回到九天玄女的陣營。

「多謝星君出手。」九天玄女朝著燦亮紫光道謝，認出紫光裡的人是破軍星君。

破軍騎著星軺而來，一到達就知道目前態勢不妙，祭起他的乾坤日月刀，一躍而下。

「玄女姊姊，讓小弟替妳分憂解勞吧！」他笑道，千萬道光芒挾著裂山的氣勢朝姜無祟飛流而去！

饕餮倒退躲開猝擊，姜無祟眼中亮光一閃，端詳破軍手中的乾坤日月刀。

那是一柄長約兩公尺的兵器，兩頭有相同的弧形刀刃，結合中段一對護手月牙，刀刃為日護手為月，所以稱之為乾坤日月刀。

身為兵主，姜無祟一眼看出這武器不僅有長兵器的優勢，兼有短兵器的威脅，對手即使能躲開前刃，也難逃中間月牙或後頭旋來的刀刃，倒是挺有意思。

「有趣的武器，讓人想玩玩。」他說：「剛好就有現成的試刀人。」手甲上冷輝閃過，延伸成一模一樣的日月刀。

蚩尤之所以被稱為兵主，正因為他能操控金屬，隨心意模擬出各種武器的形態及能力。

姜無祟倏然從饕餮背上飛彈而去，刀尖旋迴瑞彩千條，一圈又一圈的圍繞住破軍，只一個彈指的時間，就將對方所有生路都堵死！

破軍聽見他把自己當成試刀的，心裡頭真是不爽到天邊去了，立刻大喝：「想拿本星君試刀，得拿命來換！」

詭奇刀影漫空噴散，叮噹聲成串灑落，數圈刀影霎時全被破軍戳破，破解了姜無崇的合罩攻擊，他又倒翻數尺落回到自己的星軺之上，臉色難看的要命。

一招交手看似無勝無敗，但若仔細瞧，會看見破軍繡著翠竹的白色武袍已經裂得相當難看，濃稠血液不只染紅白衣，更一滴一滴由空中垂墜，血味讓幾尺之外的饕餮相當興奮，牠就是個天生愛吃人的凶獸，若是能吃下靈力高強的星君，臭老虎白澤絕不會再是牠的對手。

人間兵主戰神，一出手果然不同凡響，破軍這下真吃到苦頭了。

他正思量著該如何以巧勁壓制姜無崇，卻聽後頭星軺揮翅有聲，回頭看，立刻氣罵：「遲到了！九天玄女梳個妝都比你們倆動作快！」

陸離想回嘴，突然瞥見他身上傷痕累累，詫問：「要不要緊？」

破軍調了調氣息，胸口有些悶痛，全身靈氣立即運轉，把那煩悶驅出去，然後說：「崑崙城天柱已經立起，保衛紫微垣是我殺貪破三星君的職責，絕不容許任何魑魅魍魎騷擾紫微大帝！」

九天玄女立即說：「蚩尤走狗全披上了息壤，殺不死。」

三人互望一眼，要一勞永逸消滅息壤之軀，唯有——

默契足夠，三人分領星軺呈三方之勢圍繞天柱，朝準蚩尤族兄弟們，天火燎閃轉滾旋，流星錘飛打冷芒紫輝，乾坤日月刀幻化彎月弦光，三足鼎立，金燦燦、銀皎皎、亮熒熒，銀霜飄罩而上天柱。

流光瞬息！

姜無祟眼神一黯，知道這一定是殺貪破的大殺招，看似溫柔的冷光，凝結了日月星三種明火，再以殺、貪、破三星君萬年修行，全方位三百六十度無死角釋放高熱。

這是比火光將軍的火瓢還要厲害的殺招，只要如星火一點大小的流光，就能將人燒灼到連灰都不剩。

這一殺招太猛太烈，怕是能徹底滅絕息壤的再生功能。

姜無祟想阻止卻已經來不及，大片流光朝準光柱包覆，光柱上頭發出刺耳的滋滋聲，就像給鐵板澆上了那麼一大鍋熱油，十幾個落在最後頭的巨人立即被燒得連灰都不剩。

飄忽火光讓姜無祟暗沉的表情跟著顫動扭曲，眼裡的血滿到要滴出來。

「這麼做，後悔的會是你們。」他森冷的說。

捌·
龍脈回奔，天柱光現

「流光瞬息」這一招太霸氣，對殺貪破三星君而言，用在此刻純屬下策，它燒灼的不只是蚩尤背後那一票猛將，還包括靈氣滿點的光龍，龍靈氣全來自人間地氣，這麼一毀損，此後那幾條光龍盤據的龍脈都將變化，龍脊會崩塌，良田變劣地，水源乾枯，原本的地靈人傑再也不復見。

這是殺敵一千，損己八百的破招，星君們此時的心情同樣是晦暗的。

「所有的業障，所有的惡蹟，全都算在你頭上！」最後陸離這麼說。

人間地貌將要大洗牌，但天上人絕對會很聰明的把罪都推到蚩尤的頭上。

優勝劣敗，敗者有時候失去的不只是生命，還必須頂起所有的罵名。這是一種約定俗成。想爭，就得承受失去某些後果，包括名聲、包括初衷，這是暴君的下場。

姜無祟一下就折損了兩成數量的兄弟，怒氣已燃，身上暴起波濤般的暴風沙，鬼哭淒厲，數道黑流捲繞到空中，眨眼間就湧到離他最近的陸離身上去。

斷後就要斷得徹底，只要他能有半數猛將攻入紫微垣，亂天之行就成功了一半。

陸離旋閃騰迴，鬥得興起，「單挑嗎？本星君可不怕你！」

「流光瞬息」散開，黑流卻依然揚盪斜捲向陸離，後者不避反進，流星錘化回星羅雲布，灑網攔截霧氣，也遮蔽住姜無祟的視線，讓他看不清雲布後頭躲藏著從阿七那裡借來的雙尾叉。

陸離顯然忘記了一件事，就是他的星羅雲布在槐江山上對抗心魔幻影之時，早已經破了一個大洞，威力大減，黑霧透過布洞一古腦兒衝上他的眼睛。

雙眼刺痛，視線迷濛，陸離一個沒忍住就把他在網遊裡學來的粗口都爆出來：「毒霧？你真他媽的草蛋！」

破軍聽到了，眉一揚。

阿七臉抽搐，陸離你這個貪狼星君可以在天兵天將還有九天玄女面前更破壞形象一點沒關係！

雙尾叉殺招沒停下，一叉化成七七四十九道叉影刺向姜無崇，每一招都流燦若電，但姜無崇的乾坤日月刀卻於黑霧之中砍殺而來，刀芒吞吐，鏗鏗鏘鏘，兩人兵器交擊的速度太快，快到只剩一片光幕。

兩人戰得激烈，身下坐騎同樣鬥得狠，星軺舉蹄猛踏饕餮頭部，饕餮獸爪一扒，接著獠牙霍霍、低頭咬下了星軺一前蹄肉下來，星軺踉蹌，連帶影響主子，「噗」一聲鮮血濺空，陸離狼狽擊退，人跟星軺竟在幾個彈指間就負了重傷。

「現在是誰他媽的草蛋？」揮了揮乾坤日月刀，姜無崇冷問。

陸離喉頭甜甜，一張口血霧噴空，氣憤憤的他居然想像出頭上血條空空，上頭還標註著剩5%的警告，提醒他趕緊回血。

可惡，他更胸悶了！

阿七知道陸離受傷，立刻就要補位過來，陸離白著臉搖手說不用了，指指崑崙山的半山腰。

一人一獸攀山騰躍，身後捲起奔騰煙塵，白色獸身上藍影飄飄，鍾流水與他的坐獸白澤趕到了。

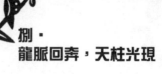

鬼事顧問、零柒。亂天。

【第玖章】生死海，真面目。

一身藍長衫，白虎背上影飄飄，散發救世主氣場的鍾流水可終於趕來了。

知道內情的仙人們心裡也都有底，知道鍾流水這個桃花仙奉命去取鳥跡書符，如今及時趕到，那麼，己方戰力大增。

鍾流水輕描淡寫看過崑崙頂上的狼籍，接著與天柱上的姜無崇對視，一在天柱中央，一在天柱底端，看著彼此，眼底波瀾不驚，倒像是看著陌生人。

一眼，距離千年萬年，這裡兩人已經不是舅甥，而是——

不共戴天的仇敵。

同樣的另一組仇敵也同樣虎視眈眈，白澤與饕餮。

饕餮見到曾經困住牠自由達數千年的白澤，打從心底憤懣，恨不得把對方撓死的欲望在胸口熊熊沸騰，這點完全表現在牠躁動的指爪及溢滿口水的鋸齒上。

白霆雷一分不漏收到來自於仇敵的大量信息，身為神獸轉生，面對戰鬥，心臟怦怦怦的狂跳，比看見了美女還要興奮，他下意識就壓低了身體刨著虎掌，瞄準對手的脖子。

蓄勢待發！

「姜無崇，可還認得我？」鍾流水啟口，每一字都清清楚楚傳入崑崙頂上所有耳朵之中。

「生死海中，我只認得自己的本來面目。」姜無祟平淡的答，像是照本宣科。

「想撇清跟我的關係？」

「跟我有關係的大多死了，你會是下一個。」

都死了，炎帝、刑天……這麼想著的姜無祟，突然間有種超脫的淡然，他的意念完全指向亂天，其餘屬於人類的情緒，逐漸被壓抑得徹徹底底。

鍾流水提醒：「我是你舅舅。」

「我沒有舅舅。」

「你這孩子到底有多缺愛？給了你十年還不夠。」鍾流水撫額，「……不認我，只好殺了你！」

巍峨威壓感逼激而出，鍾流水長年吃鬼而累積的鬼氣四溢，與姜無祟的凶氣分庭抗禮，彼此都屹立於己身製造出的能量風暴中，而這風暴還正膨脹中，一觸即發！

同樣的，兩人的坐獸也被主人的鬥氣刺激的神魂馳蕩，恨不得立刻突破時空限制，硝煙塵雨中，生死決戰一番。

鍾流水一夾虎腹，「上天柱！」

滾繚的天柱正好到了強弩之末的勢頭，龍脈裡的龍幾乎奔馳殆盡，而得了敕令的白霆雷，驚猿脫兔般撒蹄前奔光龍尾巴上，勢如破竹，盯緊饕餮，眼裡根本看不見其他。

饕餮這裡也是蓄勢待發，恨不得迎上前去，凶獸和神獸向來水火不容，遇上了就該風風火火至死方休。

這樣的氣勢卻被姜無祟攔下，他淡淡說：「爭無意義，我要的是——亂天。」

饕餮呼哧呼哧，可牠畢竟跟姜無祟心有靈犀，懂得姜無祟的想法，發洩似的吼了幾聲就轉身朝紫微垣狂奔。

這不是逃，絕對不是逃，白澤那傢伙絕對沒有追上本饕餮的能力！饕餮如此想著。

「吼吼！」白霆雷見狀又暴跳了，是男人……不，是獸類就大方過來跟老子打上一大架，可惡，敢逃？趕逃老子就追，追到天涯海角也不放，追到山無陵江水為竭冬雷震震夏雨雪天地合乃敢與君絕……

白霆雷你引用上錯誤的詩詞了！

總而言之，神凶二獸競走若風雷，態勢威猛，天柱晃動，鍾流水配合的伏低身子，疾走間掏出身後桃木劍——萬鬼敵。

玖・生死海，真面目

萬鬼敵，敵萬鬼，如今就是要來打大鬼蚩尤。

白澤奔跑的速度比饕餮上檔次，兩獸距離越拉越近，姜無祟感到背後屬於啖鬼者與萬鬼敵投來的殺氣，擰身劃一輪日月幻光，勁風憑空聲起，集旋成高速尖錐後狂猛砸下。

兵主的肅殺之氣，一擊後朝四面八方迸飛發射，凜然、森寒、威霸三界！

雲端上諸仙人、天兵天將，包括鍾流水，這刻全然凜受這尖銳的戰氣，這是蚩尤天生自有的殺伐氣質，連承秉地之靈氣的光龍都無能抵擋。

光龍被崩碎，破碎的龍體慘嚎、翻騰、撲跌、消逝，天柱被硬生生截斷。

天柱分成了兩段，後邊就是失了火車頭的孤兒車廂，白霆雷在高速奔跑下於斷口處緊急剎車，慣性力竟讓鍾流水往前飛了出去！

「吼吼吼！」慘了，神棍這下不打死我才怪！

兒臂粗細的葦索從右手藍衫袖裡歪扭竄出，蛇一般往後彈射延伸，捲住白霆雷腳下那有些受到驚嚇的光龍，一扯後藉著反彈力又飛回到白霆雷背上。

「沒個定性！」鍾流水輕斥白霆雷。

「喵喔。」我錯了。

另一方的陸離玉面含煞，揮星雲羅布，「本星君來造路！」

就算在之前的戰鬥裡被摧殘成那啥的，星羅雲布畢竟出於織女巧手，材料萃取自銀河中星子的光芒，一張雲布就是一條小銀河，半空中揮潑銀墨，暈出一筆璀璨的弧線。

姜無崇一見陸離造橋，乾坤日月刀舞起森森寒芒，竟是要以刀氣凌空截斷小銀河！

陸離雙掌翻飛，潑出去的雲布捲繞了個彎，擦過乾坤日月刀刃的邊緣，卻還是被刀氣削下一小塊布頭。

兩道紫氣分從左右往姜無崇要害攻去，光裡流星颯沓，破軍和阿七出手救援。

紫氣是仙人之氣，正面迎上必受傷害，姜無崇掄起刀刃還擊，無暇處理星羅雲布。陸離見機不可失，手指再繞了個彎兒，雲布將天柱的缺口補縫。

「謝星君！」鍾流水吼叫。

白霆雷急切撒開蹄子，飛蕩在星羅雲布搭成的橋上，那布橋平穩自在，美中不足的是有幾個小小的缺口，但他看不在眼內，輕鬆就越過去了。

鍾流水這時候一心一意擺弄桃木劍變形。

劍身彎曲，劍柄處花藤蔓繞往劍尖成綠弦，鍾流水再從髮中取出桃符，這符金光燦耀，跟他以往施用的不同，近距離又眼尖的白霆雷看見上頭有二十八個小圖案，跟鳥跡書碑上的一模一樣。

桃符與鳥跡書符的結合體，賦予桃符新的力量、新的生命，總武力值一下進階好幾倍，白霆雷想著想著，竟然有了勝券在握的感動。

桃符揉成了箭，箭身有古篆體二字為「敕魔」，當箭一現身，飄搖金氣成淡霧包裹箭身，質樸的本源之力勃勃而來，一瞬間凝聚成實體，箭枝燦爛輝煌，豔焰流轉，神氣逼人。

還往前奔馳的姜無祟陡然間被觸動了，他感受到背後一股威脅性力量已經生成。

他看了看遠在星曜之間的紫微垣，不知為何有些卻步，並非害怕，而是受到身後那股本源之力的影響。

他有了與那股力量爭鋒的強烈渴望。

他是人間兵主，他是人類戰神，他天生就對戰鬥這類事情飢渴，而天地之間，能與他平分秋色的敵手並不多，他魂牽夢縈，盼望著一場酣暢淋漓的戰鬥。

戰鬥，不但是本能，更是一種癮頭，這樣的癮讓他不由得扭轉饕餮，回望那浩氣輝煌的來源處。

卻見鍾流水架箭於弦，弓扯滿月，神威凌厲。

「一妖來始，界轉鴉杈，過鬼夜哭不還魂，疾！」

鬆弦，金光騰射，箭過處金橙焰海翻騰，劈開洪荒，轟隆隆九天都受到震撼，這箭的巨大威能太大，鍾流水與白霆雷承受到山崩地裂般的劇烈震盪，眼一黑就往後飛跌了去。

姜無祟卻是熱血沸騰，眼見那道箭氣竟然有如此威力，他深邃的眼底乍然迸現一簇火光，背後羽甲賁張拊翼，乾坤日月刀倏地化形成一盾一劍，身軀裡瞬間聚集高度繃緊的能量。

揮盾迎箭！

迅雷震耳，金光裂空，火光崩動氣海，天空地面來回返響。簡單的一箭、簡單的一盾，竟讓天空變成煉獄。

姜無祟雖然擋開了那箭，人也跟著被往後掀騰，饕餮看準他落下的方向，穩穩的將他接回背上。

「好箭！」他舔舔唇，竟似意猶未竟。

饕餮於此時發出警告的一吼。

姜無祟心一動，看著手中已經完全被消融的盾，連帶著他左臂的暗金手甲也跟著崩裂呈粉末，露出裡頭的血肉模糊。

這盾自他的蚩尤齒而生，屬於他前世軀體的一部分，比金剛鑽還堅硬，就連黃帝的軒轅劍都無法在上頭刻出痕跡，不過接了一箭就毀損得徹底，這讓他心思陰暗了起來。

本來以為破解了玄女符之後，天地間再也找不到敵手，但如今他見獵心喜。要破壞，就該找值得破壞的對象。他覺得身體熱活了起來，臉上也咧出炎帝死後的第一抹邪笑。

鍾流水終於站起，臉色蒼白，眼角溢血，看來比姜無崇狼狽許多。

「還能跑嗎？」鍾流水問白霆雷。

「吼吼！」不許小看喵星人的爆發力！

「今天咱們命就搭在一起了，一起生，一起死！」鍾流水一翻身又上了虎背，「走！」

白霆雷剛才也被箭威傷了內臟，他不是真傻，當然聽出鍾流水話裡那一去兮不復還的悲壯之情，忍不住抖了抖，是血脈賁張的抖，他要讓自己成為鍾流水的砥柱，兩人同心，其利斷金。

磕磕絆絆起步，卻是越走越奮揚，他知道自己的使命。

鍾流水輕吸一口氣，將之沉澱於腹部，腹部緊繃，扣箭、搭弦、開弓，眼裡再無其他，只除了姜無崇。

再來一箭?他眼底問。

姜無崇接受這挑釁，轉往鍾流水的方向馳騁，遠離紫微垣。

饕餮不過問為何姜無崇會放棄那堅持許久的目的地，牠與姜無崇心有靈犀，知道對方體內滿滿的戰意正爆發，而身為凶獸，牠也不可能放棄與白澤的正面交鋒。

被困縛在琥珀裡數千年的怨恨，高潮澎湃，不能自已!

鍾流水脫弦，義無反顧。

弓弦嗡鳴，箭力萬鈞，綻出千百萬道烈火流星，光芒照亮八方六合，震動四野三界，彷彿海上巨浪，一波一波要將姜無崇淹沒。

姜無崇揚劍重劈，任是驚濤巨浪，都在他那一劍之前分崩瓦解，直到真正的那一箭迎面而來。

「血旗……燃釁!」

無形的威壓自姜無崇體內爆發、擴散，周身氣流濃稠，暗金盔甲瞬間爆出血色霧氣，充盈整個天空、雲層，就連腳底下的天柱都猩紅如血染。

「蚩尤旗！」鍾流水迎上血霧，大叫一聲，「好！」

「好」字還迴盪在牙間，血霧已經壓實過來，鍾流水變臉彈弦，嗡音冉冉，紅帛退了退，桃弓蕩出幾百圈暗紅晶弧，黏稠紅霧被斬成了碎片。

鍾流水沒有退霧的喜悅，他蹙著眉頭迅速瞄了眼弓身，上頭出現了一道細微的裂縫。

可怕的凶悖魂體，可怕的蚩尤旗，他想。

「再來！」姜無崇喝吼，他已經酣暢淋漓，全身血氣再次洶湧翻騰，蒸出紅色血霧沖往天上，像一片紅色纛旗飄揚。

「喜歡就多吃幾枝！」鍾流水再發。

這次的敕魔箭卻彷彿刺入一個演繹慢動作的空域裡，流星般的速度被凌擾，血霧噴濺出一圈又一圈的凶雲惡霧，盤旋紛飛，姜無崇的暗金盔甲變得模糊不堪。

當雲霧碎裂，左臂上暗金手甲驀地伸出，第二枝箭被他隻手攔截。

「再來！」姜無崇重複這一句話。

「暴飲暴食不好！」鍾流水說完，卻又搭弓再射。

箭身蕩開七道塵環，與血霧交擊碰撞，互不相讓，是兩團伯仲之間的軍隊，一會兒這方占了優勢，正打算將敵人一鼓作氣擊敗，一會兒彼方又異軍突起反攻為守。

沒有任何仙人膽敢趁著此時靠近戰鬥中心給鍾流水支援，他們知道一旦進入蚩尤旗與敕魔箭的威壓裡，大衝擊的戰氣、煞氣會消折他們的仙氣，損傷他們的修為。

仙者既然為仙者，自然透澈某個道理，偏偏這道理不能明說。

邪未必不勝正！

所以他們才會戰戰兢兢的對待凶悖之魂，淹之埋之，努力控管，就算凶魂也是天道的一部分，但仙人們畢竟對人界多了一分憐憫之心，所以想方設法得去壓抑蚩尤那類人的存在。

天兵天將之中，幽幽傳來九天玄女的嘆息，「我等只是旁觀者，無從插手，桃花仙與姜無祟有著血親的糾葛，也只有桃花仙最適合去收拾那逆天的凶悖魂體。」

其餘人維持沉默，繼續觀戰。

轟天驚雷乍響，宛若世紀初的大爆炸，血霧與塵埃都像是被什麼看不見的手撕扯開來，跟著被消融、焚毀，雲開霧散，爆炸的中心點陡然間乾乾淨淨，剩下姜無祟一個人騎在饕餮背上，動也不動。

隔著一段距離的鍾流水與白霆雷卻再次跌了個狼狽的姿勢，相反的，姜無祟看來卻是磐石般穩固。

乍看之下像是姜無祟占了上風，事實上，他手上的劍與上半身盔甲竟都殘破掉落，背後的翅翼殘破凋零，就連頭盔都化為齏粉，露出他血汙滿面、卻依然狠戾決絕的臉。

一箭又一箭的攻擊，逐漸將他推上瘋狂之巔，當瘋狂深入骨髓就是執念，坼裂百蕩的天柱上，凝結了黑暗的肅穆。

鍾流水腿都軟了，拍拍胸口咳出了血，臉色慘白的他，卻突然隨興的問姜無祟：「投降吧？」

「至死方休。」姜無祟咬字沉硬，冷若寒水。

鍾流水笑了笑，改問一旁剛爬起來的白霆雷，「怕不怕死？」

「吼嗷嗷嗷！」老子不懂死字怎麼寫！

這意思到底是你不怕死，或者小學沒學好語文？鍾流水鄙視坐獸一秒鐘之後才道：「很好，現在就給我去死。」

虎爪子跺幾跺、刨幾刨，聲威怒震八方。遠遠對面的饕餮也激發出更狂暴凌亂的獸吼，彼此挑釁躁動。

天柱上的兩舅甥，其實就是兩隻窮凶惡極的大鬼，立場相反的敵對者，風馳電掣全速奔騰，如兩方流星牽引——

兩獸電光石火間撲抓啃咬，你咬我脖子我撓你下巴，半空中毛髮混血飛揚，嘯吼排山倒海，抵死爭鬥無從退步。而就在他們的背上，另一場殊死戰也同樣暗潮洶湧。

鍾流水掄弓相迎，強大氣流憑空爆出，劈劈啪啪，弓氣如同實體刀劍全往盔甲半殘的姜無崇身上撩斬。姜無崇相迎，戟氣從體內凶猛噴出，鍾流水臉色微微一變，這戟氣對他最傷，就像是誰拿了斧頭在他的木質本體上切割，火辣辣的疼痛立刻由經脈竄入心臟。

不久前還曾經重傷過的心臟，此刻居然一抽一抽疼了起來，鍾流水牙一咬忍下了，舞弓的動作倏停，卻是露出微笑，弓弦凝若曙光，往姜無崇胸口要害處凌厲而去！

姜無崇這回不避不讓，洪荒毀滅般的強大震撼如砲彈一般打中胸膛，他晃了一晃，連帶饕餮也跟著牽動身軀，撓往白霆雷額頭的那一爪子也就偏了，只把人家的虎鬚捋了下來。

饕餮不甘心的咆哮，這一戰裡若是沒了結掉這隻臭老虎，牠就變回狗去！

姜無崇血眸又濃郁幾許，任胸口的暴氣四散肆虐。鍾流水失望的發現，這一擊竟然只讓姜無

玖・生死海，真面目

崇的胸口受上輕傷。

「銅頭鐵額鋼骨，所言不虛……」他咬牙道。

姜無崇冷言反問：「桃花仙，你還有何種招數？」

鍾流水抿了抿脣，突然笑說：「想讓你乖乖到舅舅的碗裡來……」

姜無崇跟著鍾流水一起生活了十年，下意識知道鍾流水必有後招，橫眼看時，鍾流水已經飛躍而上，姜無崇跟著騰飛追去。

動作比姜無崇快了一步的鍾流水，占著居高臨下的優勢，雙手十指迅即化成枝條往身下蔓生，姜無崇兩臂橫擋，枝條卻從旁邊繞溜而下，其中兩枝分別在他手腕上纏環幾圈控住他的動作。

天地靈氣化孕生成的桃枝，韌性強勁，姜無崇一時間竟沒辦法繃斷這困縛，而兩強對戰之中，幾秒的延滯就會決定誰勝誰負。鍾流水抓緊時間，將其他八根枝條透入姜無崇的髮膚，然後穿過頭骨，跨過額葉，往他最深層的識海去。

姜無崇雙手被制住，耳邊鬢髮陡然閃起一抹冷電，就在這短短的剎那間，鍾流水的兩手兩腳都被截斷，碧血橫飛。

鍾流水痛得五官都扭曲了，「砰」一聲跌回天柱上頭，一雙桃花眼滿滿的自慚與驚愕，後悔居然大意忘了姜無祟也擁有桃仙血統，當然能控制毛髮伸縮自如，化成軟劍攻擊近身的敵人。更別說蚩尤耳鬢如劍如戟，那並不僅僅只是傳說，也不是誇大的修飾語詞，而是實實在在的描述。

「你……」

「吼吼！」正與饕餮激烈戮殺的白霆雷發現了鍾流水的慘狀，心神大亂，就在這一秒的分神裡，被饕餮找到機會，前爪抓穿白霆雷肩側皮肉，又拖撞在地，大張巨口，尖銳的犬齒一口氣咬斷頸椎……

姜無祟落到鍾流水身旁，這回輪到他居高臨下看著人。

「我沒有舅舅，我也不缺乏愛。」姜無祟說：「別了，桃花仙。」

耳邊薄刃反截而回，交錯過鍾流水的脖頸，跟著一顆頭顱骨碌碌滾開了去，目眥已裂，瞳眸裡頭似有萬語千言欲說，但鍾流水卻再也說不出來，只餘下滿臉的不甘。

桃花烈血四濺，一部分染紅桃花仙的藍衫，另一部分噴上姜無祟的臉，後者舔舔脣，品嘗芬芳甘美的血味。

熟悉的氣味往往容易激發出一個人記憶中的過往景象，而那鮮明度之高，讓他想起，這樣的血味其實跟自己擁有的彷彿相似。

據說這是血緣的滋味？

姜無祟眉頭皺了起來。他將插入自己頭顱的桃枝拔了出來，連著枝條的手臂跟著被甩開了去，腳邊那具軀體殘破的要命，像是個被調皮孩子玩壞了的破布娃娃。

白霆雷同樣血肉模糊倒在一旁，饕餮緊緊咬著敵手的脊椎骨不肯放，就算知道已斷氣也一樣。

姜無祟突然想起自己登上天梯的目的，回頭望，殘存的巨人猛將已幾乎抵達了紫微垣的門戶處。

「你我不該落後。」他對饕餮說。

饕餮戀戀不捨放開口中的獵物，朝天地四方嘯吼，聲波讓空氣都產生了實質性的漣漪，一圈圈擴散出去，傳到圍觀的眾仙耳中。

勝利的嚎叫，也是一種示威，這場登天之戰，無疑是姜無祟贏了。

鬼事顧問、零柒。亂天。

【第拾章】夢裏身是客，如露亦如電。

北方天空中央，以北極星為中樞，正是紫微大帝所在之處的宮殿，連同附近星群構成紫微垣，也是天柱的終端。

藉著天柱，姜無祟麾下的巨人猛將們直搗黃龍，破左右城垣、毀勾陳六星、爆天廚、擊文昌、砸帝車，四方善於釋厄降妖的星宿，逢上姜無祟等戰將，敗得煙塵滾滾血流成河。

天上仙境成了修羅場。

勢如破竹領巨人們闖入紫微殿，打算直取統馭萬星紫微大帝的首級，意外的，他還看見了其他人。

他們是統馭萬類的青華大帝、統馭萬雷的勾陳大帝、以及統馭萬天的玉皇大帝，天威凜盛光芒萬丈，襯得姜無祟等人就像是個不知朝禮、企圖妄想挑戰至上神權威的野蠻人。

「輔佐三清的四位天帝，此刻齊聚一堂，等著一起送死？」姜無祟冷冷問。

玉皇大帝反問：「聽說你意圖亂天？」

姜無祟手甲凝出一支八稜巨金錘，一頓地，天宮都震動。

「就是要亂天。」他說。

「為了一己私心，竟想亂天、亂道、亂倫常，要知道天之所以長，地之所以久，就是因為天地從不自私爭勝，反而吸引萬事萬物前來，造就天道。」

「我既不想要天長，更不要地久，我只做自己想做的事。」

「你是自私的人。」玉帝直指。

「聽說你修持過一千七百五十劫，才有了目前的道行，坐上今天的位置，還以為你會有什麼好聽的見解，如今看來，也不過就是個乏味至極的老頭子，讓我……」姜無崇舔舔脣，「更想殺了……」

八稜巨金錘嗡嗡作響，隱含金戈鐵馬，支撐宮殿的幾座玉柱竟然跟著搖晃不已，就像是即將要崩裂的樣子。

「放肆！」其餘三帝冷斥，嚴陣以待。

對姜無崇而言，三清、四御、五老、六司等等，不過是天上的一些官僚，跟人間行政系統裡的文官差不多，終日裡不是煉丹、煉法寶，要不就閉關修行，偶爾論論文說說理；若論戰力，可還比不上四大天王、哪吒太子。

他的到來，就像是將一條鯊魚放入了沙丁魚陣中，將這些安於平逸生活的仙人們吃乾抹淨，是遲早的事。

十拿九穩的結果，讓他突然有些提不起勁。

他打算早點兒終結掉這無聊的情緒，那就——

殺光他們！

巨錘連擊，轟轟隆隆伴隨曳光雷光亂舞，火煙雲柱蓬然而發，混戰慘烈絕倫，人頭滾滾處處傷亡，戰到最後，剩下穿著殘破盔甲的姜無祟獨立於毀敗的廊廡間，一身映紅。

那樣慘烈的紅，來自於眾仙、眾天兵、他的巨人族兄弟猛將、包括他自己，熾烈激熱，又蒸發成一大片的血霧，籠罩昔日輝煌燦爛的天宮。

三十三座天宮，七十二重寶殿，他親手翻覆那些雕廊畫棟，碎裂每條廊柱上頭的玉麒麟，搗毀所有橋上的丹頂鳳，眼所能見，全部破壞。

破壞是一種習慣，更是一種遷怒，他必須將銘刻於靈魂內的暴躁不滿一古腦兒發洩出來，直到整個天庭裡完全找不到一片完整的瓦為止。

做完那些事，他卻還是覺得無聊，情緒一點一滴淡下來，靈魂深處依舊叫囂著不夠。

「毀天……或者更有意思些。」他低聲自語。

張聿修好不容易爬到那已成廢墟的凌霄寶殿裡頭，傳說中的天庭盛景，竟然如此荒涼。

終於，他找到了姜無祟，就坐在凌霄寶殿中唯一還算是完整的金鑾寶座之上。

姜無祟正托著下巴，臉色死氣沉沉，槁木死灰，而或許是聽見了腳步聲，瞳眸因此動了動。

「修仙了？」姜無祟問。

若不是修仙羽化，張聿修一個凡人又怎麼可能來到凌霄寶殿？

更奇怪的是，張聿修還維持著原來十六歲少年的樣子，跟記憶中被挾持上崑崙頂時一模一樣。

張聿修揉揉鼻子苦笑，站在一片殘破裡，反問：「你在這裡待了多久？」

「很久了。」

姜無祟隨口回答，瞳眸裡萬千景象，如夢似幻，他對自己在這裡待了多久沒概念，人說天上一日，地上一年，那麼，人間又該是如何的狀況了呢？

他突然意識到，很多認識的人都已經死了。

「你費了幾千年才修得正果，天卻已經亂成這副模樣，滾回去當地球人吧。」姜無祟又說話了，音量小的像是自言自語。

張聿修一個字不漏的聽了進去，微微失笑，能將「地球人」三個字說出口，眼前的寂寞少年，內裡占著的姜姜比例可能調高了些許。

看來轉圜的餘地也不小。

輕咳一聲，張聿修道：「你的確說過要亂天，在我看來，你想亂的只是天庭，而不是天；但就算天庭被毀了，天仍然遵循著陰陽之道運轉，在天道之前，我們渺小的不足為道。」

姜無祟嗤的一笑，嘲諷回到眼中，那讓他死氣沉沉的臉色終於活了起來，隨手一揮，屋外的碧雲濛濛散去，露出大片深黑色宇宙背景。

「我不只亂了天，還滅了原來的天。瞧，星曜開始輪迴，這是我的天。」

張聿修順著他眼睛的方向看去，正好目睹一顆星曜於南邊天空毀滅，熱風噴湧而來，這是爆炸後剩餘且稀釋後的能量。

他轉往東邊天空，這回見到的是漩渦一般的黑洞，裡頭不斷閃耀著美麗的綠色光芒，還有星曜爆炸後極速擴張而出的深紅色殘骸，包括扭曲斑駁的光絲狀蛇體。

有星曜步向死亡的過程，還有新生星斗重生的畫面，宇宙中演化的光芒如同萬花筒，七彩爛漫。

「為什麼要重新造天？」張聿修對此很有疑問。

「我很無聊，所以我想崩裂山河毀盡星辰，讓日月逆轉，太陽打西邊出來。」

為了印證自己的話，姜無崇彈了個響指，即將成形的天體秩序再度被扭曲、混合、迸發、拋射、沉寂，繽紛七彩的宇宙翻攪，回到渾沌的最初。

「你也太無聊了。」張聿修不得不說。

「……」

姜無崇真的很無聊，無聊到所有的壯志豪情都沒了，沒有能讓他熱血賁張的敵手，他覺得體內的血與情緒都已冷去，他想，他將自己鎖在了地獄的奪谷裡。

他甚至缺乏能好好說話的對象，那些族兄弟們……

怪異的感覺閃過腦海，他好像很久很久都沒見到巨人兄弟們，上哪兒去了？

還在這片天之下？

張聿修打斷他的冥思，朝他伸出手，「跟我回去。」

「我以為，我們是敵人。」姜無崇挑挑眉，對這隻主動伸出的手很不以為然。

「一直以來把我們當敵人的，只有你，我覺得……」張聿修意有所指，「他說，讓你鬧騰一陣，也就該氣消了。」

「他？」姜無崇心裡一動，「是誰？」

「你說呢？」張聿修揚揚手，再次強調，「跟我回去。」

「跟你回去，放棄我好不容易造就的星空？」

「留在這裡，失去的只會是這片天，放棄這裡，卻能重新得回很多東西。」

姜無崇看著天頂那些不斷噴流出光線的環狀星雲，原來……

一切是夢幻泡影，一切是鏡花水月。

「你說說，我會得到什麼？」

「我，我們所有人，所有你想要的一切，包括你自己。」

「我自己？」姜無崇露出了些許的迷惑，「在你們眼中，我是什麼？」

「姜姜。」張聿修綻開燦爛的笑容，「你是姜姜。」

姜無崇伸過手去，那個人說的沒錯，血緣與朋友的羈絆果然剪不斷理還亂，正因為剪不斷，硬是生生想掐斷，反而自找麻煩。

拾・夢裏身是客，如露亦如電

所以，可以回去了。

他也該醒了！

崑崙頂上斷垣殘壁裡，相當不合時宜的出現了一座琉璃瓦木亭，色彩鮮豔，華麗輝煌，一般這樣精細考究的亭子都該出現在皇家園苑中，放在這裡很不倫不類。

亭中躺著三個人，頭抵著頭，全在沉睡中。

亭外還坐著三個人，分別是阿七、陸離及破軍。阿七嘴裡啃著棒棒糖，破軍煮茶輕啜，陸離則是貫徹低頭族本分，拿著他的哀鳳打遊戲，三頭星軺陪著懶懶打哈欠，連玩耍都沒興致。

對了，還有個白霆雷，他正躲在一堵牆後解尿。

尿尿完的白霆雷邊拉褲子拉鍊邊走出來，見那三位星君一派悠閒，把此地當度假村玩樂，氣得他頂頭白煙拚命冒，真是、真是……

「啊啊啊！老子困在這裡一個多月了，曠職啊扣薪水啊我都不敢想了，你們三位仙人卻天天喝茶吃糖玩手機，可惡，職業操守敢不敢這麼高！」

破軍見白霆雷苦大仇深，開口勸慰：「要把人從識海裡叫出來不容易，我們除了等之外也別無他法，當然，若是姜無祟有這個自覺，那就簡單得多……」

「多個屁啊多，你茶喝那麼多怎麼尿就沒我多呢？」白霆雷依然憤憤不平。

「你忘了自己是一頭白老虎？」阿七插嘴答。

「我的確是一頭英俊的白老虎，但這跟尿多有什麼關聯？」

「你需要用尿來標示地盤。」陸離稍稍從手機遊戲中切換出來，搶答了。

白霆雷囧，正想反駁，突然間發覺到自己每次尿尿都會選定不同的牆角，這麼一回味，那些尿點正好在木亭子周圍繞了一圈……

這真是可怕的本能！

白霆雷掩著臉衝進木亭子裡找遮羞去！

一踏入亭裡，見到裡頭躺著的三個人，白霆雷心情又沉重了，忍不住回想到一個月前的那一天。

舅甥相殘，結局跟畫面都不太美好，透入姜無祟頭骨的八根枝條，是鍾流水身體的延伸，他讓自己身體的一部分深入對方腦中識海，從而控制對方的意識。

雖然鍾流水的手腳在當時的確被姜無祟的鬢髮斬斷，但他的靈力早已經潛入對方識海，之後

拾・夢裏身是客，如露亦如電

噴灑的血液又化成片片桃花，散發出除邪去惡的花香，進一步迷惑了姜無祟的心神。

姜無祟閉眼倒下的時候，識海裡的神魂被鍾流水導引，進入虛擬的天庭，在裡頭他不停的殺仙人、毀宮殿，戾氣漸漸的消耗、減少。

若只是殺了姜無祟，他的怨氣依然存在，就算再也不輪迴，這怨氣依然不滅，會依附在花草樹木、岩水山河之上，甚至是其他人身上，對天地的危害依然。

因勢利導，斧底抽薪，才能根本解決姜無祟的問題。

當時的白霆雷完全想不到這些，他見到鍾流水受到重創就心急往饕餮撞過去，饕餮回擊，前爪抓穿白老虎的肩骨，白霆雷跟著死死咬扣饕餮的氣管，誰也不讓步。

兩隻獸受傷嚴重，但白霆雷這裡勝在人多，殺貪破三位星君過來將凶獸綑縛了起來，立刻就要救治白霆雷，卻被白霆雷制止。

「怎麼了？」阿七問。

白霆雷忍痛回復人身，第一件事是把鍾流水的四肢撿了回來，拉著扯著就將斷臂對回原來位置。

可斷口處沒出現任何變化，白霆雷臉都黑了，喝罵：「快啊！神棍，老子不會接腦殘的骨，尤其是你這腦殘的骨，自己動手豐衣足食！」

鍾流水眉頭皺了一皺，顯然聽見有人罵他腦殘。

陸離在一旁說：「他正分心控制姜無祟的識海，顧不上自癒，但你放心，他本體是木頭，春風吹又生。」

「你的意思是，他隨時能長出六隻手八隻腳？」白霆雷咬牙切齒問。

「……他平日都化為人形，當然會以人類的審美觀為優先，不可能把自己搞成個外星人。」

陸離解釋得有些不耐煩了。

「切，害我白緊張了。」

白霆雷放下心，將另外兩隻斷腿也找來，接下來幾個小時裡，鍾流水的斷口處有蚯蚓般的細枝蠕動出來，交纏增生，填補傷口縫隙，慢慢合而為一。

最高明的外科醫生也趕不上的肢體縫補技術，把自亂石中爬出來的張聿修看得是目瞪口呆，當然，最讓他合不攏嘴的則是那些活生生插入姜無祟頭顱裡的枝條。

「姜姜……死了？」他抖著聲問。

「沒死。」陸離只簡短回了兩個字，他懶得解釋其中曲折的設定。

張聿修還是不放心，親手確認對方的呼吸和心跳都還在，這才放下心來，跟著倒在一旁大睡了兩天兩夜。

鍾流水和姜無崇依舊昏睡中，鍾流水除了修補自身，還必須分心照顧姜無崇的識海，為了不損耗多餘的靈力，維持昏睡的狀態是必須的，只是張聿修和白霆雷都沒想到，那兩人一睡下去，就是一個月。

這期間天兵天將在九天玄女的指揮之下，捕捉住天柱上殘餘的巨人們，雖說巨人各個能以一擋百、擋千、擋萬，終究敵不過人海戰術，一場登天的行動功敗垂成。

就是不知天庭會如何發落這些巨人們，玉帝正與臣子們商量中。

殺貪破三星君留在崑崙頂上護法，確認鍾流水在控制姜無崇識海的這件事上不出任何差錯。破軍還體貼的以法術弄了個木亭，出公差咩，總不能委屈了自己是不是？

倒楣的還是值日功曹周登，三不五時得幫陸離的行動電源充個電，確保這小祖宗能玩手機遊戲玩到爽，另外還得替阿七買棒棒糖，給其他人準備食物，山上城市兩頭跑，誰叫他是值日功曹，天天待命是本分。

總而言之，一個月前崑崙頂上有多慌亂，如今就有多愜意冷清。當然，還有些無端的愁緒與無奈，淡淡縈繞在木亭裡，在等待著某兩人醒來的白霆雷與張聿修身上。

等待這種事情，總是讓人毛躁，比如容易炸毛的白霆雷，就在某個下午，檢查過那對舅甥還睡得跟豬一樣的時候，他照例發出許多跟事實相反的抱怨。

「喵了個咪，英明神武霸氣側漏風流倜儻人見人愛的本警察居然會把青春浪費在荒山上？同樣的時間拿去泡美眉，明年我都有兒子了！」

「如果這是你消磨青春的方式，我很肯定你的青春只會碎成滿地渣。」

「本警察是渣？看過這麼帥絕人寰的渣嗎？」白霆雷怒從地上蹦起來，「是誰說的!?」一看，張聿修嘴巴還抿緊著，顯然剛剛調侃人的不是他，白霆雷撓撓頭，轉而望著三位星君，破軍正玩弄從陸離手中搶來的手機，陸離則擺弄新買來的平板，至於阿七，盤坐在石上練氣修行。

白霆雷納悶了，難不成自己一對老虎耳朵還自帶語音效果？

「說話的人是我。」聲音再度響起

白霆雷耳朵一動，這次注意到說話聲竟然是從木亭裡傳出來的，同時間其他人也發現到了這件事，二話不說奔入亭內，卻見鍾流水睜開了眼睛。

「神棍！」

「鍾先生！」

「桃花仙！」

三種不同的稱呼同時響起，指稱的都是同一人。

白霆雷眼睛一熱，這都多久啦！還以為神棍和姜無崇兩人會學睡美人躺上一百年呢，別看他像是沒心沒肺的天天在亭子外頭繞啊繞、尿啊尿，其實每天度日如年，奴性根生！

「我睡多久了？」鍾流水問，聲音低沉沙啞的像是有石子刮著喉嚨。

「一個月啊神棍。」白霆雷搶著答，又此地無銀三百兩的說：「這一個月裡我絕對沒有趁機在你臉上畫熊貓眼，也沒偷偷玩你的葫蘆……」

「我記得好像聽誰喊我腦殘？」鍾流水瞇著眼看他，「還有自己動手豐衣足食……」

「你聽的都是自己內心的吶喊，那是野性的呼喚，是你赤裸裸的自我意識，自己動手豐衣足食，當然嘛！天助自助者。」某警察正氣凜然的說。

鍾流水居然點點頭，「沒錯，自作孽也是不可活的。」

白霆雷毛髮直豎，總覺得冷靜說這話的鍾流水很有些無情的、殘忍的、無理取鬧的小思想。

張聿修禮貌的先讓其他人對鍾流水致意完，這才問：「鍾先生，那個姜姜……」

「姜姜？」鍾流水看看躺在一旁的姜無崇，以眼神詢問了下其他三位星君。

破軍點點頭，「應該可以了。」

阿七也點頭首肯，「煞戾之氣所剩無幾，他在夢中肯定做了很大一番思想鬥爭。」

陸離跟著說：「必須找個他最信任，產生不了任何防備的人，才能順利領出人來。誰最適合？」

五雙眼睛說好了似的，齊齊落在張聿修小朋友身上。

張聿修背冒冷汗，全身好像都被這些大人們給透視了個徹底，眼神要不要這麼犀利？他還只是個少年而已。

「到底……要我做什麼？」他吶吶問：「能力所及，我赴湯蹈火……」

「不需要赴湯蹈火，只要你到他夢裡去，把他帶出來。」鍾流水說：「他鬧騰了好大一陣，也該氣消了。」

與其防堵，不如疏通，雖然疏通的方式稍稍驚悚了些。

拾．夢裏身是客，如露亦如電

身為新生代英俊又有才華的年輕小法師排名NO.1，張聿修大概知道是怎麼回事，卻還是擔心，「我怕一個弄不好，反而讓他永遠沉迷識海……」

「你能拐姜姜上學，能拐他放學不亂跑就直接回家，還能拐他乖乖寫功課。」鍾流水肯定的說：「你有拐人的天分，我看好你。」

張聿修頭上三條黑線，被當成天才拐子手的感覺真是又雷又囧。

「我該怎麼進入他夢裡？」他又問。

「聽過瀕死體驗嗎？」鍾流水笑吟吟問。

「聽過，但是……」

「跟那差不多。」

沒給張聿修準備的時間，鍾流水的一撮頭髮已經化成桃枝往他腦門刺入，他腦海中出現了一道白光，光裡頭是一條白色的隧道，他往深處飄去，眼前場景一變，人已經置身在一片浩渺無盡的宇宙之中。

他來到了姜無崇在識海裡創造的世界，見到了在裡頭淋漓揮灑暴力之後，變得孤獨的少年。

突然想起國文老師發給同學們的輔導教材裡，背誦過的一句詞——

夢裡不知身是客。

面對如此逼真如此3D如此立體音效，讓雙眼都幾乎被閃瞎的場景，張聿修甚至懷疑著，到底誰在誰的夢中？

說不定自己才是做夢的那個人。

然後，他聽到少年的問話。

「修仙了？」

他反問：「你在這裡待了多久？」

「很久了。」

做夢的看來是對方。

但，不管是哪種夢，終歸要醒，終歸該回家。

數千年未曾踏足人世的中央元靈元老天君，昔日人間霸主黃帝，於裊裊雲霧中駕乘黃龍下凡，來到一片曾經熟悉過的原野。

霧裡揮起招魂帛，口唸招魂詞——人間天上都已經登上極位的仙人，想招的，是誰的魂魄？

拾·
夢裏身是客，如露亦如電

鏘鐐聲鏗鏗響起，沉悶緩慢蒼涼，似一曲古音前奏，惹得招魂的人回憶起，大約在四千五百年以前，曾經發生於此地的戰爭。

戰爭總有勝敗，誰輸了什麼，誰又贏了什麼？翹首回望，好像也不是那麼重要的事，勝者的喜悅永遠比輸者的憤恨來得短暫，當他再也不會因為獲得天下而意氣飛揚的時候，敵手卻依然默默的憤恨，持續幾千年。

真是有些羨慕，被打敗的人，活得比他還有滋味，畢竟當一個無欲無求的仙人，跟死人有什麼差別？

影影綽綽有人靠近，兩陰差一前一後推著個白衣人前來，白衣人鐐銬纏身，走路時卻挺直著背，維持高雅清貴，相比較起來，押人的陰差猥瑣多了。

陰差原本怨恨得很，在他們押解犯人的途中，居然有人以最高等級別的招魂術來招魂，害他們不得不千里迢迢趕赴而來，本想要臭罵幾句，可一見到對方就認出來是誰了，慌得立刻遠退數尺跪下，沒辦法，對方神格太高了。

白衣人也認出了招魂的人是誰。

「我即將入奪谷服刑，你招我來又所為何事？」

「看看老朋友。」黃帝揮手驅散大片雲霧，「還記得這是哪裡？」

白衣人隨眼瞥過，滿眼綠色平原地，間或有丘陵起伏，既陌生又熟悉，既熟悉又陌生。

「滄海桑田，就算我曾經來過，相信地貌都變了很多，我認不出。」

「阪泉之野。」

「呵，原來。」白衣人很被動的回憶了下，「那一戰，我被英明神武的你給擊潰，不得不退到偏僻極南地。我敗得心服口服，但我的後裔及下屬可不這麼想。」

「你敗得心服口服，卻始終不忘蚩尤及刑天被我殺戮之恨，蟄伏數千年搞了這麼一齣戲，不累嗎？」

「很累。」白衣人輕輕一笑，雲淡風輕，「卻不後悔。」

黃帝說：「找你來並非完全敘舊，你也知道奪谷是個什麼地方，若你願意，我可向天庭玉帝求情……」

「刑天已經先一步去了奪谷，跟他囚在同一個地方也不錯，起碼有個伴兒。」

「你不好奇天庭如何處置姜無祟及其他反黨？」黃帝又問。

「你會這樣問我，想必天庭另闢蹊徑，給予亂天者另一種懲罰。」

「讓他們分批投胎去了。」

白衣人眼底有一閃而逝的微詫，「讓凶悖之魂投胎人間，非以往天庭的行事慣例……」

「以往天庭為了保護人界安寧，所以行必須之惡，將八十一位巨人的凶魂困於黃泉，斷他們生路，事實卻證明，疏導更勝於堵截，就如同桃花仙對轉世蚩尤用上的險招。」

「不怕他們於人間重生時引起各種風波？」

「人間凶善交替，福禍相倚，英雄梟雄亂世盛世共存，才更合乎天地陰陽之理。」黃帝說到這裡，舒口氣，「或者幾年之後，你跟刑天也能轉世人間，消弭不平之氣。」

「你還沒提到姜無祟。」白衣人提醒。

「根據貪狼星君的解釋，他正在留校察看中。」

白衣人：「……」

兩人談了這麼一會，陰差終於怯怯過來請示，「天君，犯人時辰已到，不能耽擱太久……」

黃帝點點頭，卻在白衣人轉身離去的時候重又喚回他。

「戊已甲乙，居首共友，所止列世，式氣光名……鳥跡書碑上刻著的這些，可知道什麼意思？」

白衣人頓了一頓，沒接話。

黃帝說：「中央戊已土，指的是本君；東為甲乙木，指的是以火為德的炎帝。你我居首共友，所止列世，同為一方部落首領，攜手共為天下楷模，就算對天下情勢有意見，採取了不同的方式來安定天下，但這友情長久長存。」

「為了曾有的兄弟情誼，你能幫我做一件事嗎？」

「什麼事？」

「替我傳個信。」

傳個信到桃花院落裡，給一株風姿綽約的桃花樹。

雖然說過不後悔，但是對於那位桃花一般的美麗女子，千迴百轉的情緒，又怎會是一句不後悔便能概括？基於欺騙而產生的感情，摻染了雜質，任何冠冕堂皇的理由都不能將這雜質淬鍊成純粹。

負了就是負了，所有罪愆，讓奪谷裡的冰冷來消泯吧，白衣人想。

鬼事顧問、零柒。亂天。

【第拾壹章】桃花明媚，蚩尤易推。

姜姜走出屋外，迎面就看見晨光奔灑而來，又是美好的一天。當然，這樣美好的一天若是不必上學的話，就更加值得給上一個讚。

打個哈欠，揉揉眼睛，唉唷！舅舅跟往常一樣，醉醺醺躺在桃花樹下的長椅上，又喝了一夜酒，是吧？

一條小白狗這時撲來掛在他大腿上，汪汪汪叫，活潑又奔放，圓圓黑眼透露著我這是撒嬌呢，我就是撒嬌呢，我最愛撒嬌。

「這麼可愛一定是男孩子。」姜姜蹲下來，摸摸狗頭說。

小狗繼續汪汪汪，主人英明！

鍾流水昨晚喝得歡快，被狗叫聲吵得頭痛，低斥：「我網開一面讓你住進桃花院落，安靜些，要不就趕你出去當流浪狗。」

小狗嗚嗚幾聲趴到地上了，沒辦法，形勢逼人，不是我方戰力不足，是敵人實力太強大，為了待在主人身邊，只能忍一時孬氣了。

「給狗崽子取個小名吧，方便使喚。」鍾流水揉揉太陽穴。

姜姜歪頭斟酌了下，「牠長得很像昨天我遊戲裡收的坐騎饕餮。」

拾壹‧
桃花明媚，蚩尤易推

「遊戲裡你給那隻饕餮取了什麼名？」

「饕勒個餮。」

桃花仙拍板，「好。」

小狗：「……」

鍾流水這時後注意到外甥穿上了久違的校服，「開學了？」

「嗯。」姜姜摸摸肚子，還故意愁眉苦臉的說：「舅舅我肚子痛，一定是昨晚吃的麵包過期，今天要請假。」

小孩兒耍賴想蹺掉開學日的手段又再一次不高明的使出來了。

「昨天晚餐你吃的不是麵包，是炒飯。」鍾流水也不是第一天當這小子的舅舅，隨口應付。

「啊啊！對，是炒飯，裡頭紅蘿蔔丁不新鮮。」

「紅蘿蔔丁你全都挑出來給章魚吃了，痛肚子的應該是他，不是你。」

姜姜詞窮，跺了跺腳，指著舅舅鼻子質問，「你告訴我，人為什麼要上學？」

「受教育的目的是阻止你繼續笨下去，免得你將來危害世人。」鍾流水伸伸懶腰，「快準備出門，別讓章魚等，那小孩碰上了你這笨蛋，能活到現在也挺不容易。」

真的不容易，不是所有人都能當上蚩尤的保母。

「對吼，差點忘記，遲到會被罰站！」姜姜立刻風風火火跑回房間揹書包，至於早餐問題，待會兒搶章魚的分。

正要衝出竹籬門，卻在經過桃花樹前仰頭瞧了半晌。

「怎麼了？」鍾流水問。

「……」姜姜歪頭想了想，才說：「我剛剛做了個夢。」

「說來聽聽。」

「有個騎黃龍的大叔跑來，要我傳話給灼華，嗯……」姜姜歪著頭，努力回想夢中那人的話，「他說，人不能當負心漢，負心漢會被關到地獄最深最深的山谷裡，永不超生……」

這話逗樂了鍾流水，桃花眼笑得瞇彎了起來，「他真這麼說？」

「欸，大叔講話文謅謅，我學不來，所以改成白話文。」姜姜純真的對桃花樹說：「負心漢已經在懺悔了，妳也別恨他，以後有我孝順妳，就當替他還債了。」

桃花樹抖了一抖，掉落幾朵紅豔，也不知是被感動，還是無奈了。

「不需要？那給妳介紹個新男友吧，章魚人不錯，吃苦耐勞任勞任怨，家裡產業多，未來職業有前途，妳要真喜歡，我不介意喊他爸爸……」

鍾流水拍了一下外甥的頭，「在灼華面前，你給我呆萌蠢個徹底些，太市儈的小孩不得人疼。」

姜無祟收起眼底的一絲狡獪，呵呵笑幾聲，又是一派天真爛漫。

姜姜在巷口的小土地廟前碰上騎腳踏車來的張聿修，二話不說上後座，總而言之，能坐的時候絕對不站，能被人載就絕對不勞累自己兩條腿。

張聿修好幾天沒見到姜姜，有點忐忑，趁著拿三明治給人的時候，好好觀察了下對方，嗯，還是很天兵很笨的樣子，應該不會變回姜無祟吧？那恐怖的第二人格啊……

一口咬掉半個三明治，姜姜說：「快騎車，我不要被罰站。」

張聿修心不在焉的踩著腳踏車，試探問了下。

「你這幾天……」正常嗎？會不會還有毀天滅地的欲望？

「我這幾天？」姜姜隨口回應。

張聿修理智的嚥下心中真正的疑問，臨時改口：「過得好嗎？」

「還可以。」姜姜喝一口溫奶茶，又說：「昨天我推倒了蚩尤……」

張聿修手一抖，連人帶車差點兒摔下，也害得姜姜幾乎拿不穩手中的奶茶。

「章魚你要多練練騎車技術啦！連我都載不穩，將來怎麼泡美眉？」姜姜老氣橫秋教訓中。

「推、推倒蚩尤是怎麼回事？」淡定少年都不淡定了，姜姜是不是想起了什麼？

「蚩尤副本啊！昨天下午我跟你弟組了隊下副本，三小時推倒大BOSS蚩尤，爆了一副青銅鎧甲、飛天護腕、滅仙丹、坐獸饕餮……」

張聿修擦擦汗，原來指的是網遊啊，可是，「你家沒電腦，怎麼下的副本？」

「陸離家借的。」姜姜興高采烈，「他家就在這附近，人又大方，我上網咖的錢省了。」

說著說著，姜小朋友就朝另一條巷子揮手說：「陸離你要撞電線桿了！」

話剛說完，就聽「砰」一聲，低頭玩手機的某人創下今年第五十九起撞電線桿事件。

真是特別的命運多舛！

幸好有仙氣護體，陸離不至於撞出個腦震盪，手機也沒摔著，不過他見姜姜一臉的樂不可支，惱羞成怒。

「沒什麼好看的，滾！」依舊高貴冷豔的讓人不敢直視。

「那，我就先滾囉，一路滾到學校去。」然後姜姜很認真的跟他道別，「今天開學，別遲到了。」

陸離看著那兩人飛馳而去的背影，心中就是氣，為什麼姜姜老認為他會遲到？他昨晚就下定決心了，這學期絕對不會再被主任罰站校門口！

後頭紅色木頭門一開，阿七提著東西出來。

「上學要帶的東西是書包，不是手機！」

陸離綳著臉接過書包，轉身要走，眉頭一動，冷冷道：「你是破軍星君，不是偷窺星君。說！來幹什麼的？」

紫氣降臨，破軍星君現身，哈哈一笑，「想你們了，所以來看看。」

「說真話。」

破軍笑咪咪，「把我一個人丟天上，你們兩個來人間享樂，想氣死我啊？」

「監視姜無祟可不是好差事，就算有桃花仙作擔保，誰知道那個凶悖魂體還會不會再度積累怨氣，重亂人間。我每日裡戰戰兢兢，一刻不得閒，哪來的享樂之說！」

陸離越說越氣，他刻意親近的結果，是姜姜把他當成自己人，連帶陸離的一切也被他當作是自己的，偶爾想到就跑來家裡霸占電腦、看電視、翻冰箱，標準的賓至如歸。

破軍聽陸離那一番訴苦，自然是持保留態度，他轉而問阿七，「是真的嗎？」

阿七：「……」

一切盡在不言中。

破軍眼睛一轉，接著詢問：「阿七我說你啊，好好的星君不幹，為什麼又請求回人間當一個小小土地公？別說這俸祿沒多少，沒事還得受桃花仙的欺負，我替你不值！」

「事情少，挺自由的。」阿七解釋。

破軍之前沒少為這件事煩著阿七，嘴都說破了，還是沒能拗過阿七的牛脾氣，於是對陸離氣呼呼的說：「是兄弟你就再幫我勸勸！」

從前最希望七殺星君歸位的陸離這回倒轉了意見，淡淡說：「他愛待在人間就待在人間，既然是兄弟，就別強迫他，讓他順心意行事吧。」

破軍摸摸下巴，驚疑良久，最後問：「發生了什麼我不知道的事？」

陸離又不耐煩了，「都說為兄弟能兩肋插刀，阿七不想回天上，你也就別嘰嘰歪歪，支持他的決定就好！」

破軍眼珠子一轉，「不會是跟某個轉世的九尾狐狸精有關吧？」

阿七臉皮一紅，忙說：「不是，你別多想。」

臉紅？哼！破軍這下死死認定，阿七為了狐狸精不回天上，果然果然，有了女人沒兄弟，為女人插兄弟兩刀！

他甩甩袖子就不繼續這話題了，「我還是有一件事情不明白。」

「不明白什麼？」陸離問。

「要監視姜無崇，有阿七一個人就夠了，你貪狼星君湊個什麼熱鬧？你是假借名目下凡來玩兒的吧？這麼快樂的任務怎麼就沒落到我頭上？」

「紫光夫人是我母親，紫微大帝是我兄長。」

「沒節操的官二代。」破軍很不屑的撇嘴，哼，特權什麼的最討厭了！

阿七見現場氣氛不太好，輕咳一聲後提醒：「那個……要遲到了。」

陸離臉色一變拔腿就跑，口中還不斷嚷嚷：破軍你肯定是故意的，你無恥、你無情、你無理取鬧、巴拉巴拉……

「本星君哪裡無恥、哪裡無情、哪裡無理取鬧啦!?」破軍小聲抱怨，回頭見阿七還在，又改而笑嘻嘻的過去攀肩搭臂，「說老實話，你執意留在人間，真是為了那隻九尾狐狸吧？」

阿七一囧，「不是。」

「桃花仙也這麼說。」

「真不是……」阿七否認。

「田淵市的黑白無常保證這消息千真萬確。」

阿七臉綠了，「小白是本市八卦之王，說的話裡只有一成能聽。」

「城隍爺也說，看見九尾狐狸三天兩頭往這裡跑。」

阿七抹抹臉，看來今天得去拜訪城隍爺，請他跟他的下屬好好收起那熾烈的八卦之心，再說了，姬水月雖然常來，但她真正鎖定的目標是陸離，據說現在流行姊弟戀，他真是躺著也中槍……

破軍這裡戲弄完阿七，正要回天上，聽見摩托車聲朝這裡來了，一看，嘿，熟人呢！

白霆雷也看見破軍跟阿七，他揮揮手，示意有急事要去桃花院落找神棍，就不聊了。

白霆雷跳入桃花院落，兩條小腿立即一疼，低頭看，公雞小玉啄著他左腿上的腿毛，右腿上則被一隻小白犬狠狠咬。

身為白澤虎獸，哪能放任這些小畜生對自己不禮貌呢？先是一腳踢開小玉，接著拎起小白狗，正要扔，突然停手，跟狗平行對視。

「怪了，你好像很恨我。」他看了看。

小狗嗚汪嗚汪，沒錯，誰都不能阻止我恨你，這恨根深蒂固綿綿無絕期，恨到我就算一口咬死你，生吞你的肉，嚼爛你的骨頭都沒辦法解開這恨意。

「普天之下會這麼恨我的只有一個，所以你是……」

「饕勒個饕。」鍾流水從旁插口。

饕勒個饕脖子被揪，四腿騰空好不生氣，更別說揪牠的是那個不共戴天的仇敵，恨得很，前爪子趴啦趴啦就想往白靂雷臉上撓，可惜目前的牠身小腿短，撓不到就是撓不到。

白靂雷看牠這副小樣子小眼神，哈哈大笑，「叫什麼饕勒個饕啊，我來改個名字。」

「你能取什麼好名字？」鍾流水頗有興致的問，好奇小霆霆那滿是洞的腦袋能取個什麼名字出來。

「小狗蛋。」

果然不能寄望自家老虎的文字素養。

「主人，奴家也有意見。」嬌滴滴的女聲自鍾流水太陽穴上那紅色胎記傳出。

「見諸魅妳說。」

「賤人就是矯情。」

「……」鍾流水再次拍板確定，「就叫饕勒個餮，不改。」

小狗決定再也不恨鍾流水了，牠要終生用星星眼仰望桃花院落裡這一對舅甥。

「小霆霆你來幹什麼？」鍾流水終於記得問一下，一大早跑來吵人什麼的。

白霆雷還正在跟饕勒個餮大眼瞪小眼呢，一聽問，大夢初醒，忙把饕勒個餮丟開。

「快跟我走，東區有間百貨公司的第十九層樓裡出現鬼影，目前封鎖中，隊長讓你跟我過去。」

鍾流水懶洋洋拒絕，「喝了一夜酒，睏著呢，你過去查探了再回來跟我說情況，我就是個顧問，動動嘴皮子就行。」

「隊長讓我提醒你，小孩剛開學，學費、書籍費、午餐費還沒繳吧……」

「老孫真是不厚道，總拿顧問費來威脅我。」

這年頭養小孩可真不容易啊，他翩翩瀟灑一個桃花仙都不得不為五斗米折腰。

他起身要走，卻又心有所感，停步回頭，卻見翩翩桃花飄落，漫天飛英，如語似訴。

哥哥小心。

「嗯，知道了。」他說，心情明媚。

若行經田淵市，請注意身邊各樣人物，或許那是暫居的神仙，或許那是潛行的鬼物，若遭冒犯，請往市警局特殊事件科報案。

《鬼事顧問柒·亂天》完

《鬼事顧問》全書完

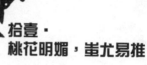

鬼事顧問、零柒。亂天。

【番外】土地公招親記。

田淵市，雀替里，群青巷，桃花院落裡，有小狗撲著翩翩飛舞的蝴蝶，有公雞啄食草葉下的蟲兒，有一壺小酒當作午餐喝得醉醺醺的神棍，除此之外，一如既往的寧靜。

但這份寧靜很快就被一位外客打破了。

咳！別看這外客是位挺著大肚子，腦頂還兼具地中海美德的大叔，他可是雀替里最樂善好施，會扶老太太過馬路，假日領義工撿拾垃圾，每天中午帶便當給獨居老人的——里長伯。

「鍾先生，鍾先生～～」這一喊如此銷魂，自帶抖M波浪線。

鍾流水醉眼微睜，「我醉欲眠君且去……」

里長伯很不客氣的自動走了進來，穿過竹籬門，自來熟的抓住鍾流水肩膀，兩眼淚汪汪。

「您再醉下去就成醉蝦了啊鍾先生，快點救救我，我要死了～～」

鍾流水終於把眼睛全睜開來，見里長伯精神飽滿印堂微紅，十年內大概也死不了，如此惱苦為哪般？

「收驚五百元。」鍾流水懶洋洋的說。

里長伯擦擦額上冒出的汗，「不是啊，鍾先生，石靈娘娘顯靈啦！」

「公園北角落的那個石靈娘娘？」

「是啊是啊，石靈娘娘託夢給我，說她孤苦寂寞三百年，想找個丈夫，看中了群青巷口的土地公，讓我們弄個儀式牽她過來，要是沒辦好，就讓我一年到頭衰事不斷，老婆跟人跑，女兒嫁不出去，兒子敗光家產，嗚嗚嗚嗚嗚～～」

「有人看中了我們的阿七……」鍾流水瞇眼賊兮兮的笑。

有人接口：「……不關我的事。」

里長伯沒注意到外頭巷道突然多出了位青年建築工，這人他眼熟得很，偶爾會出現在巷口土地小廟裡，整整供品掃掃環境，里長伯一直以為是土地公的虔誠信徒呢。

「欸，鍾先生你朋友啊？」

「嗯。」鍾流水朝阿七挑挑眉。

阿七聳聳肩，真不關他的事，對於石靈娘娘，他也不陌生，可以算稱得上是不熟的鄰居。

據說三百年前，有個小姑娘摔到坑裡，好死不死坑裡有塊石頭，倒楣的姑娘頭一砸上去就死了。自此該處就不得安寧，夜半會有姑娘的影子飄盪，附近人詢問過神婆之後，就把那顆砸死姑娘的石頭在原地供奉起來，來祭拜的村民開始繪聲繪影說這石頭有求必應，大伙兒湊了些錢蓋了座小廟，稱為「石靈娘娘廟」。近十幾年裡這附近發展了起來，石靈娘娘廟正好就位在公園預定地的北邊角落，也沒拆遷，直接留在了公園裡。

鍾流水問里長伯：「你確定不是日有所思，夜有所夢？」

里長伯都想哭了，「連續三天同樣的夢，嚇死我了！早上我還特地去石靈娘娘廟裡擲筊，娘娘是真的想嫁過來呀。可是我剛剛去詢問土地公的意見，連續三十六個怒筊，土地公不想娶，我死定了！鍾先生你行行好，問問土地公，是不是對嫁妝不滿意？」

原來里長伯為了石靈娘娘的事，跑去阿七的廟裡擲筊，想說只要擲出三個聖筊，就當土地公答應親事，卻沒想到他居然能夠連續擲出三十六次雙筊都陽面向上的怒筊，這表示神明怒斥，不答應信徒所提的要求，嚇得里長伯不敢繼續擲了，一溜煙跑來找巷底的鍾神棍幫忙。

「討個老婆好過年，為什麼不答應？」鍾流水這兩句話是對阿七說的。

「鍾先生……」阿七無奈，他一人吃飯全家飽，更別說某兩星君沒事就來這邊晃，小石頭妖靈想投懷送抱的事要是傳到天上去，他肯定被取笑個幾百年。

鍾流水也知道阿七沒娶老婆的心思，眼珠子一轉，對里長伯說：「咱們巷口土地公的來歷不凡，愛慕者沒有一千也有八百，石靈娘娘想嫁，也得讓土地公瞧瞧合不合胃口。」

里長伯聽了提議，下巴幾乎鬆掉了，群青巷口這家小廟哪可能跟其他大土地公廟相比呢？南區那間福德宮甚至還修上了五層樓，全年香火鼎盛，香客絡繹不絕。鍾先生這是在打腫臉充胖子，還是在說笑？

鍾流水見里長伯猛拍腦袋的樣子，哼哼笑問：「不相信？」

「相信，當然相信。」里長伯打哈哈，「總之，鍾先生你想辦法把咱們的土地公嫁出去，成人之美嘛！到時本里長自掏腰包辦桌，將婚禮辦得熱熱鬧鬧……」

「是娶。」阿七忍不住糾正里長伯的口誤。

鍾流水：「呵呵。」

這一句呵呵是什麼意思呢，鍾大腹黑先生？阿七突然感覺毛骨悚然。

「喔！對，是娶。」里長伯口誤，下意識轉身往土地廟的方向合掌拜了拜，「是信徒亂說話，土地公莫怪莫怪。」

阿七無言了，心想土地公的正身在這裡好不好？

「咱們土地公可是個一手貨，沒結過婚呢！武力值高，還有星君級身分，可不能隨便被人威脅幾句就從了。」鍾流水掐指算了算，「三天後吉日良時，一切由我來搞定！」

里長伯聽不懂鍾流水講的。阿七則是囧了，這「一手貨」的形容詞未免太……

里長伯聽他語氣，就是要把這事情給包了，心中不禁感激涕零的想抱他大腿，想把女兒嫁給他啊！

鍾流水沒來由的打了個噴嚏。

他掏出桃符，劍指在上頭比畫了下，遞給里長伯，「拿去石靈娘娘廟裡燒了，包你沒事。」

里長伯離開後，阿七無奈的說：「別鬧了。」

「不是我鬧，是你爛桃花多。」鍾流水奸笑問：「什麼時候勾搭上的妹子？」

「石靈娘娘廟離這裡近，我從上任以來，也只跟她打了幾次招呼……」阿七強調自己的無辜，「我跟她神格不同，話不投機。」

「人家肯定是暗戀上了你，打算要生米煮成熟飯。」鍾流水一副看好戲的樣子。

阿七悲痛的說：「求破解。」

「把你嫁出去就行了。」

「……」

阿七拿出根棒棒糖放到嘴巴裡啃，他一輩子從沒有像此刻一樣，需要靠甜食來安慰自己倒楣悲摧又苦逼的人生。

就在鍾流水指定的三日後傍晚，向來冷清的群青巷口土地廟前，居然影影綽綽，人聲鼎沸，而且那些人的打扮怪異，古裝、時裝都有，有的像乞丐，有的如官員，有些長相身材如站立著的癩蛤蟆，有的獐頭鼠目，更有的身體軟得不像話，跟條蛇差不多。

白霆雷下班後也被見諸魅纏著過來桃花院落，一臉的不解。

「廟會？臨時夜市？」

見諸魅笑得銀鈴翠響，「主人特地讓奴家叫小霆霆來，說有大熱鬧可看呢！」

「非法集會！」白霆雷一臉正氣凜然，「跟管區通報過了沒？」

「咚！」一隻拖鞋飛過來，某人立時被打趴吐血。

「神棍你……好，有種你再扔！」

第二隻拖鞋再度飛來，白霆雷開始唾棄起自己，欠虐啊！

「今天是阿七的相親大會，嗯……」剛證明自己有種的鍾流水摸摸下巴，「參加者比想像中多……」

原來是里長伯到石靈娘娘廟裡燒桃符的時候，嘴裡不停的叨叨絮絮，田淵市黑白無常恰好經過，將來龍去脈聽得一清二楚，立刻回城隍廟。沒多久，城隍爺、文武判官、范謝將軍、十八羅漢、包括本市除阿七之外的一百二十七位高階土地公，甚至平日蟄伏的妖精鬼怪都知道，阿七被逼婚了！

所以他們全趕著來看熱鬧。

白霆雷委屈的怒吼：「幫阿七辦相親大會，怎麼不幫我也辦辦？我也到了適婚年齡！我也需要愛的滋潤！」

「你未成年。」鍾流水撿回拖鞋穿上，隨口回答。

「胡說，老子二十多歲了！」

「我指的是智商。」

白霆雷躲角落暗自垂淚：神棍你嘴巴毒啊！

因為緋聞女主還沒抵達，有些無聊，所有人開始聊八卦起來。

「石靈娘娘可美啦，香韻里跟金駿區兩位土地公追了人家很久，姑娘都不理睬，原來早就有喜歡的對象了。」海滄區土地公頗帶酸味的說。

「群青巷土地公不可能看上石靈娘娘，他在擔任土地公之前，身分顯赫，是星君吶，犯了天條才被貶下界，本來有官復原職的機會，他不屑，才跑回來當土地公……」

好勁爆的消息，幾位不懂前因後果的新上任土地公及若干牛鬼蛇神湊在一起，開始低聲說起阿七回來當土地公的原因，他們的猜測光怪陸離，有人說阿七當年好像被狐狸精色誘，狐狸精懷了孩子，阿七始亂終棄，狐狸精哭泣躲到凡間生小孩。

一隻黃鼠狼小妖猜測，「群青巷土地公身邊有個脾氣壞的小孩，難道就是他兒子？」

「咳！這事情問我就對了。」

八卦天王小白猥瑣的湊了過來，他有義務讓大伙兒知道真相——

阿七失去了狐狸精，開始心痛如絞，終於領悟到，狐狸精是他的真愛啊，所以他跑到凌霄寶殿中跟玉皇大帝說：「哥為愛而活，哥要下凡去尋找親愛的小甜甜，哥不能再渣下去了！」

玉皇大帝被這曠世真愛感動，下寶殿與他攜手相看淚眼，說：「哥看好你……」

阿七下凡，卻發現狐狸精生產的時候，剛巧遇上天雷劫，一面抵抗雷劫，一面生兒子，諸君有見過這樣可憐的砲灰女主角嗎？生完小孩就掛了，剩下男主角抱著剛出生的兒子流淚哀號，哦，不！這樣虐身、虐心的劇情怎麼可以放在哥身上？哥沒了女主角，這故事還能繼續下去嗎？哥再也不愛了！

聽故事的幾個小妖開始哭出來，然後有人問：「接下來呢？」

「接下來……」

小白繼續講故事──

阿七含辛茹苦把屎把尿，終於把兒子拉拔成人，兒子嬌生慣養，對老爸予取予求，土地公的薪俸不多，他卻天天鬧著爸爸買哀鳳、買平板，晚上不准睡覺幫他刷BOSS，弄得爸爸日夜憔悴，這情況讓住在附近的石靈娘娘知道了，由憐生愛，所以主動要嫁過來，可是……

「可是什麼？」有人問。

「狐狸精是群青巷土地公的真愛，真愛是什麼？就是除了狐狸精之外，其他女人在他眼裡就是坨屎，更別說還帶著拖油瓶；你們想想，這個拖油瓶會希望老爸娶個後母來虐待自己嗎？所以兒子就把老爸軟禁，打算棒打鴛鴦散……」

聽眾們不約而同一拍大腿，渣人生的兒子果然也是塊渣！

「渣兒子叫什麼名字？」剛才那個人再度詢問。

「喔喔！叫做陸離。不是我說，給小孩取名字很重要，沒事選個『離』字，所以妻離子散，結局悲涼……」

「其實這名字不錯。」那人說：「跟我的一樣。」

小白一聽，居然也有個傻逼叫做陸離，差一點兒笑出來，有人卻在這時扯他衣服，是黑無常小黑。

「幹嘛啊？」小白頭一甩，他還沒說夠這狗血故事呢！

小黑拿鐵鍊將小白綁了幾圈後，恭敬的對陸離說：「星君勿怪，卑職這就把白無常帶到城隍老爺前請罰。」

還未等陸離有所表示，小黑動作俐落的就把小白拖走了，一路上還聽到小白的慘呼。

「小黑你是不是我兄弟？是兄弟怎麼銬我！」

「噓，我是救你脫困的。」小黑頭也不回小聲說。

「喔！我懂了。」小白了解到小黑的苦心，乾脆作戲做足來，「你你你，我視你如親生兄弟，你卻賣友求榮，你讓我寒心，讓我知道煙花易冷、人事易分，你怎麼捨得我難過？你讓我深刻的了解，就算是兄弟，也會從背後捅來一刀……」

小黑頭一次希望自己從不認識這個話癆的傻瓜。

陸離在後頭看著兩無常冷笑，肚子裡先行規劃完惡整小白的手段，這才撥開人群，站到鍾流水身邊。

「挺熱鬧的。」陸離說。

「你也來搶親？」鍾流水歪著頭說。

搶親？聽來挺好玩，咱們的貪狼星君躍躍欲試，迫不及待問：「怎麼搶？」

鍾流水指指身後的姜姜、張聿修、白霆雷等一行人，「去問他們。」

陸離小尾巴搖啊搖的就過去了。

廟旁有星輅獸伏地，阿七姿態峻厲端坐其上，紫衣墜金白沙外袍，寬腰帶上白玉溫潤，金冠束髮，星君威嚴盡顯。

「為什麼我非得作星君正裝打扮？」阿七癱著冷臉，問一旁的鍾流水。

「相親當然要穿得體面些，參與的人會更投入。」

「鍾先生看來比我更投入。」

「唉！都怪日子太無聊了……」鍾流水說出了他的內心話，總而言之，只要是他周圍的朋友，都有義務要提供樂子給他。

「鍾先生難道忘了自己已經是有寵獸的人？他可以負責娛樂你。」

「小霆霆？上個月剛輪完他，這個月排上你。」

阿七沉默，敢情鍾流水把認識的人都排了個娛樂輪值表。

然後，他還必須忽略掉現場看客投來的眼光，那一整個悲憫，也不知道悲憫著什麼。他並不知道那些人心裡正想著：可憐啊！一個大男人養孩子不容易，結果還被兒子囚禁……

同情心滿了又溢，溢了又滿，眾人開始覺得不對勁了，不是說被囚禁嗎？看來說不定是兒子突然良心發現，要把幸福還給父親，唉，真是個孝順的兒子。

月掛柳梢，突然眾人頭上香風繚繞，但見霧綃長裙搖曳，一位頭戴金精舞鳳冠，容貌俏麗的女仙自空中冉冉飄下。

正是石靈娘娘，她降落在廟前，見阿七換上金光閃閃的古服，心頭小鹿亂撞，又帥又穩重，果然是當丈夫的最佳人選……

石靈娘娘盈盈福禮，阿七回禮，卻聽前者開口。

「石靈受邀前來，心中欣喜不已，平日就折於群青巷土地爺的風範，私心愛慕，因此託信徒來求個百年好合，成就一段佳話，但帖子上說的『招親』……難道是嫌棄石靈？」

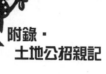

她說得滿腹委屈，阿七一時間也不知該怎麼答話，鍾流水乾脆就替他說了。

「石靈娘娘妳也知道，群青巷土地公風範卓爾，配妳也不算委屈，算是天作之合，依我說，乾脆現在就把婚禮辦上也不錯，君子有成人之美……」

石靈娘娘聽到這裡，微微一笑，顯然心中滿意。

阿七卻皺眉頭，以嘴形示意：鍾先生你平日為人腹黑奸險就算了，現在還逼我娶……

鍾流水嘿嘿一笑：放心，我安排了很多人來鬧場，定要讓她知難而退。

石靈娘娘沒注意到眼前兩人正在眉目傳情，說：「多謝鍾先生成全。」

鍾流水搖搖手指頭，「話還沒說完呢，群青巷土地公這麼一個人物，愛慕者多得很，總得給她們一個競爭的機會。」

「鍾先生說的沒錯，那請問如何給機會呢？」石靈娘娘知道桃花院落裡的鍾先生靈力高超，跟地府關係好，她也不敢無禮。再說阿七正在前頭看著，她一定要表現出大家閨秀的風度，爭取最大好感。

「土地爺有任何意見嗎？」鍾流水問阿七。

阿七忍著拿出棒棒糖來啃的衝動，就是端著一張臉，淡然的說：「姻緣天注定。」

潛台詞是：快快放狗出來！

第一隻狗很快就「汪汪汪」跳出來了。

「我！我要搶親！」一身短蓬蓬裙搭配蕾絲上衣，穿著娃娃鞋的日系美少女——姜姜出現。

姜姜怎麼會變成女孩呢？哦呵呵，當然是張聿修在他身上施了久違的變女咒。

石靈娘娘雖然心驚於少女姜姜的美貌，卻毫不在乎的說：「小妹妹，天黑了，妳媽喊妳回家吃飯呢！」

「鼻要鼻要，輪家喜歡阿七葛格，輪家從小就立定志願，要當他的新娘，誰都不能拆散我們，就算是舅舅來勸，也不能讓我放棄。」姜姜撲過去抱阿七的大腿。

石靈娘娘立刻拿出一張網遊虛寶序號卡，「送給妳，憑上頭虛寶序號可以獲得天穹榮耀錄裡的坐騎鳳火烈獸，每個伺服器裡只有一隻，刷不到，買不到，騎上牠，所有人都會仰望妳。」

「阿七葛格，不是我不愛你，而是我更愛鳳火烈獸。」姜姜放開阿七大腿搶過卡片。

阿七在內心無言吶喊：桃花仙一家人最缺的就是節操這東西吧？

石靈娘娘微微一笑，她早就猜到鍾流水的心思，幸好為了將自己順利嫁出去，她早就將阿七身邊的人以及行事手法都摸了個透，眼前這小女孩不就是天兵姜姜嗎？一點小利小惠就能打發走了。

姜姜拿過卡片，卻又反眼看了阿七一眼，黑暗氣息若隱若現：呵呵，爛攤子自己收吧，身為星君，卻因氣度及地位而受制於人間一個小小妖女，不敢大開殺戒，可恥……

阿七：姜姜請你不要黑化得太明顯，陸離在旁監督著呢。

搶親小組出師不利，立即召開緊急會議中。

「不好對付。」陸離指著小白、小黑，「你們倆也會變化之術，上去！」

「我們!?」小白很開心，「裝扮成什麼風格好呢？重金屬、頹廢搖滾、哥德風、小清新……」

「隨便，快出去！」陸離急得都要跺腳了。

於是乎，兩個重金屬搖滾樂團成員打扮的詭異女子就出現在阿七面前，這兩人一高一矮，一胖一瘦，妝容如鬼，陰風慘慘的說：「搶～～親～～～」

「有道是『寧拆十座廟，不毀一樁親』，壞人姻緣要遭天譴，兩位陰差大人難道就不怕被人投訴到城隍廟去？」石靈娘娘說。

小白、小黑沒想到一下子就被拆穿身分，目瞪口呆，小白愣愣對小黑說：「怎麼辦？我被她說得好羞愧……」

小黑再度拿出鐵鍊，綑了小白後拖走，躲遠遠的地方去羞愧。

陸離沒想到石靈娘娘這麼厲害，便對一旁的張聿修說：「你去。」

張聿修感到很為難，他不想扮成女人，心態上矛盾的糾結著。

令人訝異的是，白霆雷居然拍拍胸脯，說：「看我的，我能搞定！」

陸離&張聿修：搶親集團裡，你是最不靠譜的一個啊……

白霆雷雄赳赳氣昂昂站出去，指著石靈娘娘說：「認清楚，跨種族戀愛是不現實的，我跟阿七是相同的人種，我才是他理想的伴侶！」

眾人倒。

「……」石靈娘娘說：「我跟他也是同種族！」

白霆雷義正辭嚴：「女人跟男人在基本的生理構造上不同，不是跨種族又是什麼？難道妳想演科幻片？」

石靈娘娘胸口一堵，一時無法接口，她覺得自己的邏輯被搞得有些混亂。

白霆雷打鐵趁熱，「想演科幻片也行，妳可以試試我，我單身，正準備買車買房子，是警局裡最值得期待的新人，總有一天能升官發財，我們就以結婚為前提來交往……」

一隻拖鞋飛過來，滿天小星星在轉……

「丟人現眼，給我滾回來。」拖鞋的主人，某神棍陰沉著臉說。

然後小霆霆就非常聽話的滾回去了。

石靈娘娘很驚險的收回自己的理性與邏輯，感性的問：「還有想搶親的嗎？一起來，省時間。」

陸離站出來，「我要搶。」

石靈娘娘嚴陣以待，她早就注意到這少年跟群青巷土地公住在一起，神格很高，一身貴氣，她不敢小覷。

「你是天上人，天庭禁止天上人談戀愛。」石靈娘娘甩大招切入。

陸離點點頭，問：「坐騎虛寶序號卡還有沒有？」

這思維也太跳躍了吧!? 石靈娘娘開始覺得有些頭暈喘不過氣來，深呼吸一口穩住心神，回答：「沒有了。」

陸離一張臉頓時陰狠厲烈，「妳這是在逼我……」

可怕的令人蛋疼的殺氣！

石靈娘娘雖然沒有蛋，還是被嚇到了，突然恍然大悟，這少年也是個重度沉迷網遊患者，她卻被他那高貴的氣質所騙，以為少年會礙於身分地位，不會對她這個小小下級神靈施壓……

是的，陸離這是在赤裸裸的嫉妒了，嫉妒為什麼姜姜能拿到限量版坐騎，而他卻沒有！

所以他發怒了，從口袋裡掏出哀鳳手機，撥了個號碼後說：「太慢了！」

電話那頭有人簡短應了什麼，陸離收回手機，陰鬱看著石靈娘娘。

十秒鐘過去，陸離一點兒動作都沒有，石靈娘娘卻沉不住氣了，正要開口，突然間十二隻上古神獸穿過眾人，將石靈娘娘給圍在中央。

阿七臉面一抽，面癱破功，「她怎麼會來？」

陸離揚揚下巴，「我覺得光是自己人搶不好玩，所以打電話，讓她一起來搶。」

「這下有趣了。」鍾流水桃花眼一轉，嘻嘻笑著認同，唉呀！現在開始應該沒自己多少事，喝喝小酒作壁上觀吧。

姬水月豔麗張狂的現身，御姐氣勢跟石靈娘娘不分上下，石靈娘娘基於女人的直覺，感知對方才是她真正的敵手。

空氣中劈里啪啦都起火了，就連陸離都乖乖退開三尺，遠離煙硝區。

「妳也是來搶親的？妳喜歡的應該是……」石靈娘娘往陸離方向瞥去一眼，「何必跟我搶呢？」

「我不是來搶親，只是來警告妳。」掏出記事本翻到某頁，姬水月鄭重的說：「群青巷土地公列在我未婚夫候選人名單裡，目前排名積分第五；順道一提，陸離弟弟排名積分第一，妳別想從我口中搶走這兩塊肉！」

某兩塊肉：「……」

石靈娘娘冷笑，「既然如此，動手見真章！」

「誰怕誰！」姬水月捋起袖子，甩掉高跟鞋。

接下來現場陷入一片混亂，兩個女人近身搏鬥，妳抓我頭髮我抓花妳臉，動手不夠爽快，仙術妖術同步齊發，雞飛狗跳鬼哭神號。場外觀眾開始紛紛下注，猜測最後鹿死誰手。

終於，那隻鹿覺得該給這場爛桃花收場了，緩緩站起，「住手！」

簡單兩個字，混入星君的浩瀚靈氣，聲波威壓全場，神格較低的神仙、妖精、包括石靈娘娘及姬水月，就覺得心尖口兒一顫，彷彿當場要暈過去，不得不停下手腳功夫穩定自己。

現場瞬間一片寂靜，靜到連一根針掉在地上的聲音都能聽到。

開口的是阿七，他雙眼蘊斂流彩金光，片刻後他閉上眼，再睜開時，依舊是平日低調沉穩的他。

「引起誤會我很抱歉，但是我已經有真愛了，謝謝兩位姑娘的厚待。」

石靈娘娘和姬水月兩人好不容易才消停了一會，聽見阿七的話，又同時勃然大怒：「誰？」

此時就連鍾流水等人都很好奇，看不出來阿七如此悶騷。

阿七一指：「這才是我的真愛，我倆相伴已有數千年，未來應該也不會分離，天上人間相隨。」

阿七指著他身邊的星軺。

星軺搖頭晃腦：「嗷嗷主人偶愛泥～～」

眾人：「……」

石靈娘娘&姬水月：「……」

這樣的告白把姜姜都炸了出來，哇啦哇啦叫：「哇操，傳說中的人獸戀！重口味的，真正的跨種族跨階級，真愛無敵！」

小白也冒出頭來，興奮大叫：「閃瞎我的鈦合金狗眼！」

陸離摸摸自家狼獸形態的星軺，太能理解阿七的心情了。

白霆雷突然也想起他那輛報廢的摩托車，不禁悲從中來，老子好想你啊！卻是已經天人永隔，直到現在老子都還沒勇氣尋找新歡……

鍾流水斜眼瞧一瞧白霆雷，「呵呵。」

「神棍你呵呵是什麼意思？你呵呵老子可不呵呵，老子這輩子絕對不再用四隻腳走路，老子從現在起要當人當到底！」白霆雷被鍾流水笑得大炸毛了。

「呵呵。」

白霆雷：哇操！老子繼續滾開好了。

然後呢？

招親大會結束了，但是據說不到一星期，石靈娘娘就接受了金駿區土地公的求婚，搬去當擁有五層樓豪宅的土地婆，享受榮華富貴了。

至於姬水月，翻開手冊，把上頭那排名積分第五的人名劃掉，決定專心衝刺排名第一的小朋友，打算來場轟轟烈烈的姐弟戀。

阿七蹲在小土地廟旁，啃起棒棒糖，群青巷口好和平啊！他喜歡。

番外《土地公招親記》完

鬼事顧問、零柒。 亂天。

【卷尾附錄】

田淵市和平(?)的一天。

喂！在哪裡啊？
聽到就快點給我出來！
果然是你們！
隔半條街就聽到你們的聲音了！
喔喔？
早啊，你們兩個。

怎麼啦？你們在找誰嗎？
稍早地府發了通緝令，有個刑期中的惡鬼逃到這附近。
要是讓它重回陽世麻煩就大囉！
你們也要小心點別被上身啦！
嗯？你剛才說什麼？
慢點。別喝那麼急。
九天玄女護身
一身煞氣
沒事。
仔細一想根本就不需要擔心你們兩個。
逃脫的惡鬼嗎？
剛才好像有瞄到。

在這個方向附近，該往哪裡送就往哪裡送吧。
啊，好！馬上去！
哼，這種程度的突發任務，真是有夠容易的。
星君！你又
帶書包了！
嘿！你們這些學生！
還杵在這裡做什麼？時間差不多了吧？快點給我出發去學校！
不准在路上摸魚！統統別想蹺課啊！
哇啊！
知道了啦！你根本不是警察而是教官吧！

……
欸……星君說在這附近，可是根本沒有看到嘛！
怎麼了？小黑？那邊有什麼？
啊！將軍！我們在找……
嗯？
嚼嚼
嚼嚼
怎麼看都是惡鬼的手指
今天的田淵市，也相當和平。

奇✻幻✻愛✻情
蘋果日報
華文小說排行榜
NO.2
念✻觸碰不到的愛－
星神魔女
魔女星火
ILLUST 水梨
03
前生的遺憾　今世的再逢
流轉時光，曠古千年の愛戀。
背負罪孽的惡鬼 與 眼藏辰星的少女
靈魂的共鳴，讓兩人 相遇 ，
又讓他們再度 靠近 ……
也許，命運早在一開始就計算好了？
聯合出版平台 www.book4u.com.tw
不思議工作室_
立即搜尋
典藏閣
采舍國際
www.silkbook.com
版權所有© Copyright 2013

鬼事顧問/林佩作. -- 初版. 一新北市：
華文網，2011.10-
冊； 公分. --(飛小說系列)
ISBN 978-986-271-323-5(第7冊：平裝). ---

857.7 100018492

飛小說系列040

鬼事顧問07-亂天（完）

出版者■典藏閣
作　者■林佩　繪　者■ANTENNA牛魚
總編輯■歐綾纖
製作團隊■不思議工作室
郵撥帳號■50017206 采舍國際有限公司（郵撥購買，請另付一成郵資）
台灣出版中心■新北市中和區中山路2段366巷10號10樓
電　話■(02)2248-7896　傳　真■(02)2248-7758
物流中心■新北市中和區中山路2段366巷10號3樓
電　話■(02)8245-8786　傳　真■(02)8245-8718
ISBN■978-986-271-323-5
出版日期■2013年5月
全球華文國際市場總代理／采舍國際
地　址■新北市中和區中山路2段366巷10號3樓
電　話■(02)8245-8786　傳　真■(02)8245-8718
新絲路網路書店
地　址■新北市中和區中山路2段366巷10號10樓
網　址■www.silkbook.com
電　話■(02)8245-9896
傳　真■(02)8245-8819

線上總代理	：全球華文聯合出版平台	
主題討論區	：http://www.silkbook.com/bookclub	◎新絲路讀書會
紙本書平台	：http://www.silkbook.com	◎新絲路網路書店
瀏覽電子書	：http://www.book4u.com.tw	◎華文電子書中心
電子書下載	：http://www.book4u.com.tw	◎電子書中心（Acrobat Reader）

☞您在什麼地方購買本書？☜

☐便利商店__________ ☐博客來 ☐金石堂 ☐金石堂網路書店 ☐新絲路網路書店

☐其他網路平台__________ ☐書店__________市／縣__________書店

姓名：__________地址：______________________________

聯絡電話：__________電子郵箱：______________________________

您的性別：☐男 ☐女

您的生日：__________年__________月__________日

（請務必填妥基本資料，以利贈品寄送）

您的職業：☐上班族 ☐學生 ☐服務業 ☐軍警公教 ☐資訊業 ☐娛樂相關產業

☐自由業 ☐其他__________

您的學歷：☐高中（含高中以下） ☐專科、大學 ☐研究所以上

☞購買前☜

您從何處得知本書：☐逛書店 ☐網路廣告（網站：__________） ☐親友介紹

（可複選） ☐出版書訊 ☐銷售人員推薦 ☐其他

本書吸引您的原因：☐書名很好 ☐封面精美 ☐書腰文字 ☐封底文字 ☐欣賞作家

（可複選） ☐喜歡畫家 ☐價格合理 ☐題材有趣 ☐廣告印象深刻

☐其他__________

☞購買後☜

您滿意的部份：☐書名 ☐封面 ☐故事內容 ☐版面編排 ☐價格 ☐贈品

（可複選） ☐其他

不滿意的部份：☐書名 ☐封面 ☐故事內容 ☐版面編排 ☐價格 ☐贈品

（可複選） ☐其他

您對本書以及典藏閣的建議______________________________

____

____

✌是否願意收到相關企業之電子報？☐是 ☐否

✌感謝您寶貴的意見✌

✌From__________@__________

◆請務必填寫有效e-mail郵箱，以利通知相關訊息，謝謝◆

印刷品

$3.5
請貼
3.5元
郵票
不思議信箱
FUSIGI POST

235 新北市中和區中山路二段366巷10號10樓

華文網出版集團　收

（典藏閣－不思議工作室）